BRAVATERRA
E A GEMA DO ANHANGÁ

DANILO LIMA

BRAVATERRA
E A GEMA DO ANHANGÁ

í

INSÍGNIA

Copyright © 2022 Danilo Lima
Copyright © 2022 INSIGNIA EDITORIAL LTDA

Todos os direitos reservados. Nenhuma parte desta publicação pode ser reproduzida ou transmitida de qualquer forma ou por qualquer meio — gráfico, eletrônico ou mecânico, incluindo fotocópia, gravação ou outros — sem o consentimento prévio por escrito da editora.

EDITOR: Felipe Colbert

REVISÃO: Wilson Gama Brasileiro

CAPA E ILUSTRAÇÕES: André Martuscelli

DIAGRAMAÇÃO: Equipe Insígnia

ILUSTRAÇÃO DA QUARTA CAPA: Designed by macrovector / Freepik

ILUSTRAÇÃO DAS ESPADAS: Eucalyp

Publicado por Insígnia Editorial
www.insigniaeditorial.com.br
Instagram: @insigniaeditorial
Facebook: facebook.com/insigniaeditorial
E-mail: contato@insigniaeditorial.com.br

Impresso no Brasil.

Dados Internacionais de Catalogação na Publicação (CIP)
(Câmara Brasileira do Livro, SP, Brasil)

Lima, Danilo
  Bravaterra e a Gema do Anhangá / Danilo Lima. --
1. ed. -- São Paulo : Insígnia Editorial, 2022.

  ISBN 978-65-84839-12-0

  1. Ficção juvenil I. Título.

22-133867   CDD-028.5

Índices para catálogo sistemático:

  1. Ficção : Literatura juvenil   028.5

Aline Graziele Benitez - Bibliotecária - CRB-1/3129

Para meus pais e irmão.

CAPÍTULO 1

Kaio já havia escutado falar que, antigamente, em tempos mais simples, as ruas tomavam diversas formas. Ele sabia que hoje em dia muitas delas eram usadas apenas para carros e motos, e às vezes ônibus e caminhões também, a depender da largura delas. Porém, ele e seus amigos costumavam transformar com um giz, o asfalto em quadra de futebol, um caminho de amarelinha ou quem sabe em um ringue de bolas de gude. As opções eram infinitas, dependia apenas de onde sua imaginação pudesse te levar.

A felicidade dele era morar em Jesuítas, no interior do interior do Paraná, uma cidade que ele podia percorrer completamente com sua mãe em apenas algumas horas. Não tinha nenhum problema para brincar na rua, como a maioria dos seus amigos. Sua experiência predileta era o futebol, como fazia naquela fresca tarde de verão, em um time formado só pela vizinhança.

— Ótimo chute! — parabenizou Rafael após Kaio lançar a bola entre os chinelos no chão e decretar a vitória do seu time. — O que nós vamos fazer agora?

— Que tal polícia e ladrão? — perguntou Carlinhos, já trazendo a bola para si e batendo com ela insistentemente no chão, animado.

— Polícia e ladrão de novo? Nós estamos brincando disso a semana inteira — rebateu Kaio enquanto suspirava.

— É verdade! Vamos fazer outra coisa — disse Rafael, somando voz ao amigo.

— Taco, talvez? — sugeriu o goleiro do time. — Faz tempo que não jogamos taco.

— Taco! — Todos os meninos da rua concordaram em um grito uníssono.

— Kaio, pega os seus bastões? A sua casa é a mais próxima — pediu Carlos.

Em dias comuns, a resposta de Kaio seria um entusiástico "sim", mas esse não era um dia comum. Sua mãe tinha recebido em casa algumas pessoas importantes, pelo menos era o que Kaio pensava por causa dos trajes que vestiam, ternos e gravatas, e isso não era muito normal na cidade. Se ela estivesse em uma reunião importante, ele não gostaria de interromper. Porém, como concluiu, também era uma oportunidade para descobrir o que estava acontecendo. — Consigo sim! Eu já volto! — finalmente respondeu enquanto se afastava em passos apressados em direção a sua casa.

Ao se aproximar do portão, avistou os homens de terno se despedindo de sua mãe. Atravessou o quintal na esperança de ouvir alguma coisa, mas para sua infelicidade, tudo que conseguiu captar foi mera conversa fiada.

— Esse é seu filho, Sra. Martins? — perguntou o homem de cabelo branco e óculos quadrados.

— Sim, Sr. Alfredo — respondeu ela, sorrindo para o filho.

— Vou deixá-los a sós então, sei que vocês têm muito o que conversar — completou o Sr. Alfredo enquanto acenava em despedida e se afastava junto aos dois companheiros.

Em um minuto, os olhos de Kaio se viraram em direção aos da sua mãe, a tempo de ver seu sorriso desaparecer e a boca se abrir em aflição.

— Vamos entrar, meu filho — pediu carinhosamente.

— Quem eram eles, mãe? — perguntou, curioso. Kaio tentou lembrar alguma razão pela qual ele poderia ter magoado sua mãe, afinal de contas não eram raras as vezes em que ele aprontava algo com os meninos da cidade, mas não conseguiu encontrar uma resposta. Neste verão, não tinha se colocado em problemas até agora, pelo menos era o que pensava.

A senhora Helena Martins percorreu toda a sala de estar em silêncio, deslocando-se até chegar à cozinha. Puxou uma cadeira de ferro para sentar-se e respirou fundo tentando encontrar as palavras. Kaio percebeu que os olhos de sua mãe não demonstravam fúria, mas sim, uma doce ternura.

— Nós vamos nos mudar — afirmou a mãe, finalmente.

— Poderíamos ir para a rua do Rafael! — Kaio reagiu esquecendo a expressão de aflição da mãe. — Eu fiquei sabendo que ele vai construir uma piscina, eu poderia visitar ele todo dia.

— Não, filho. Nós vamos mudar de cidade. Vamos para São Paulo.

São Paulo? Pelo que via na TV, ele tinha apenas duas informações sobre a cidade e era suficiente para formar rapidamente a sua opinião — primeiro, quando chovia surgiam enchentes; segundo, era muito longe de Jesuítas, longe o suficiente para não conseguir ir de bicicleta. E a ideia não o agradou muito.

— Por que nós precisamos ir? O que eu vou fazer lá? Todos os meus amigos estão aqui, Rafael, Carlinhos, Felipe, Juan... — perguntou com os olhos vermelhos das lágrimas que já tentava segurar, não queria chorar na frente da mãe.

Helena trouxe Kaio para perto com um abraço e colocou as mãos sobre seus cabelos pretos. — Filho, vai ser uma aventura. Como nos filmes, vamos explorar um lugar novo. Fazer novas amizades. A mãe precisa ir, seu Alfredo veio informar que a empresa em que trabalho foi fechada e sua tia vai me ajudar a encontrar trabalho em São Paulo. Não tem mais nada aqui para nós.

Enquanto pensava em não estar interessado neste tipo de aventura, Kaio lembrou-se de algo urgente, afastando o abraço da mãe. — E o Bob? O que vai acontecer com ele? — questionou assustado enquanto uma lágrima rabiscava seu rosto contra sua vontade.

Surgiu no rosto de sua mãe um pequeno sorriso ao ver sua preocupação pelo cachorro. — Ele vem conosco. Agora eu preciso que você vá até seu quarto e comece a arrumar suas coisas, eu sei que é muita informação, mas nós precisaremos sair daqui em poucos dias.

As duas últimas palavras da mãe foram mais um baque na cabeça de Kaio, que caminhava em direção ao quarto, atônito com a notícia que recebera. Ao chegar ao cômodo, avistou seus tacos ao lado da cama e lembrou de seus amigos que o esperavam para brincar. Isso lhe deu uma ideia. *Posso fugir de casa e morar com o Rafael, os pais dele sempre gostaram muito de mim, além do mais, poderia aproveitar da piscina todos os dias.* Claro que esse pensamento não perdurou muito em sua mente, apenas de imaginar sua mãe morando sozinha, tendo o Bob como única companhia, fez seu coração se entristecer mais do que a mudança. Decidiu, por fim, arrumar suas coisas e encarar a aventura prometida.

Ao adentrar a sua nova residência, Kaio empalideceu de decepção. Como veio a descobrir, sua nova morada não era uma casa propriamente dita, e sim, um apartamento. E não há nada mais oposto a uma grande casa no interior do que um pequeno apartamento no subúrbio paulista.

O menino paranaense até animou-se ao ver o prédio de 15 andares do lado de fora. Para ele, que nunca teve contato com arranha-céus, apenas casas e fazendas, ficou impressionado com o tamanho do edifício. Aliás, achou o formato um tanto quanto inusitado também, pois de fora parecia um monte de casas amontoadas umas em cima das outras, erguendo-se em uma enorme torre vertical.

Quanto ao apartamento, era muito diferente de sua residência antiga, espaçosa e larga, onde podia correr de um lado para o outro, descobrir esconderijos secretos, até mesmo jogar bola no quintal. Ele não parecia oferecer nada disso. Pelo contrário, era apertado e estreito, talvez fosse o amontoado de caixas de mudança espalhadas pelo local ou apenas o saudosismo falando mais alto, mas assim como Bob, que não parava de latir, Kaio também queria murmurar.

O tamanho da casa não era a única coisa que incomodava Kaio. Apesar de viver apenas com a mãe, seu lar em Jesuítas estava sempre cheio, seus amigos marcavam presença quase diariamente e quando não estavam ali, certamente viam-nos na rua, onde eram livres para aprontar. Kaio até tinha esperanças em fazer novas amizades, talvez não tão boas quanto as que tinha com Rafael e Carlinhos, mas até isso parecia se perder. Afinal de contas, ali dentro não teria espaço para brincar, no máximo poderia jogar videogame se algum de seus novos amigos o tivesse já que ele mesmo não tinha, e brincar na rua não era uma opção como a Sra. Martins fez questão de frisar logo que chegaram.

— Não podemos voltar mesmo? — perguntou Kaio para a mãe, não pela primeira e nem pela última vez.

Helena suspirou. — Você sabe a resposta para essa pergunta. Já conversamos sobre isso. Precisamos nos apoiar agora e com o tempo, você vai gostar daqui tanto quanto gostava do Paraná.

Kaio torceu o nariz quanto à afirmação da mãe. — Você quer voltar também, não quer, Bob? — O pequeno cachorro branco com manchas pretas latiu em resposta. — Eu sabia. Você está comigo nessa. — Sorriu Kaio.

— Por que você não tenta mandar uma mensagem para seus amigos? Fala que você chegou bem e suas primeiras impressões de São Paulo. Eu vi como você ficou boquiaberto na frente do prédio, tenho certeza de que eles estão curiosos para saber notícias suas. Com esse negócio de internet, não existe mais distância — sugeriu a mãe com uma feição de carinho.

Até que não é uma má ideia, pensou Kaio. De fato, ele e seus amigos prometeram manter contato entre si em uma dolorosa despedida que envolveu até juramentos em nome do time de coração deles, e essa era uma promessa que não podia ser quebrada. Então pegou o celular no bolso, um simples smartphone, nada de última geração, e enviou uma mensagem no grupo. *Acho que agora é esperar.* Kaio levantou uma sobrancelha ao ver Bob trazendo com dificuldade uma bola de futebol quase do seu tamanho. O menino não deixou de admirar a esperteza do cão que usou suas presas para segurar uma goma da bola que estava descosturando. — Alguém quer brincar, não é? — falou para o companheiro enquanto corria até o corredor do apartamento levando a bola com os pés e driblando as caixas espalhadas pela casa.

O apartamento tinha um único corredor interligando o banheiro, os dois quartos e a sala, sendo que cada cômodo tinha sua própria porta, incluindo, por incrível que pareça, a sala de estar. Em poucos segundos, a porta da sala e a do banheiro no final do corredor se transformaram em gols, e Bob, no melhor zagueiro que um clube poderia desejar.

Por alguns minutos, enquanto driblava o cachorro e tentava marcar gols entre as portas do corredor, Kaio esqueceu da mudança e de olhar o celular na esperança de seus amigos o contatarem, parecia apenas mais uma tarde comum. Contudo, isso não durou muito. Sua alegria foi arrebatada com o som do interfone. Como Kaio veio a descobrir, apartamentos possuem uma peculiaridade em relação às casas. O seu chão é o teto do vizinho, e não é nada agradável passar o dia ouvindo bolas quicando e pessoas correndo no andar de cima. Pelo menos era o que o seu vizinho debaixo deixou bem claro, ao ligar reclamando do barulho, como Helena informou.

Dessa vez parecia que o futuro em São Paulo estava perdido. O apartamento era estreito. Seus amigos estavam longe e não sabia se conseguiria fazer novas amizades. Até brincar com o cachorro estava fora de questão, se não o Estraga-prazer — como decidiu nomear o morador do andar debaixo — viria reclamar. Kaio caiu no chão, desejando voltar para sua rua onde podia estar com seus amigos, correr e fazer barulho à vontade.

Naquele instante, uma ideia vil percorreu sua mente. *E se eu desligar o interfone e voltarmos a jogar? O Estraga-prazer não terá como reclamar.*

Kaio saiu do corredor com Bob em seu encalço e atravessou a sala até chegar à cozinha onde o interfone estava pendurado na parede. Esticou-se e tirou o telefone do gancho sem muito esforço. *Isso deve bastar*, pensou enquanto trazia a bola para perto com intenção de voltar ao corredor.

— O que você pensa que está fazendo? — disse Helena franzindo a testa e apertando a mandíbula, nervosa. — Desligando o interfone para o vizinho não reclamar? Você é tão ingênuo que pensa que isso vai resolver? Que ele não vai subir aqui e queixar-se mais desta vez?

Kaio não sabia como sua mãe fazia isso. Às vezes considerava seriamente ela ser algum tipo de feiticeira, pois de alguma forma ela parecia ser capaz de ler sua mente toda vez que planejava fazer alguma traquinagem.

— É... o plano não estava finalizado. Eu ainda iria bolar a fase dois — respondeu tentando mostrar seu melhor sorriso e desarmando as sobrancelhas franzidas da mãe. — Não podemos voltar mesmo? — disse por fim.

— Não podemos — respondeu dura. — Mas tenho uma ideia que pode te animar. Que tal sairmos para jantar? Eu fiquei sabendo que tem aquele fast-food que você gosta aqui pertinho de casa. Podemos dar uma olhada.

Kaio abriu um largo sorriso e dessa vez não havia dúvidas de sua veracidade. — Me parece um bom plano! — respondeu correndo para o quarto, a fim de arrumar-se para ir de encontro com as ruas da grande São Paulo. Quando chegou no corredor que até alguns minutos atrás tinha se transformado em campo, sentiu o celular vibrar; era uma mensagem de seus amigos de Jesuítas perguntando se estava curtindo a cidade. Kaio sorriu ao ver e respondeu: "Acho que posso me acostumar".

CAPÍTULO 2

Kaio, ao chegar em seu quarto à procura de uma camisa menos suja para ir até o fast-food, encontrou uma série de caixas fechadas o esperando. Assim como o resto do apartamento, o cômodo não era grande, especialmente quando comparado à casa antiga. As paredes eram de um tom azul claro que Kaio considerou um pouco infantil para seu gosto, mas ainda assim, era mais interessante que um branco pálido. A visão da janela, entretanto, foi algo que o deixou entusiasmado. Não lembrava de ter ido a um lugar tão alto e de seu quarto conseguia enxergar a rua toda como se estivesse no topo de um morro.

Era impressionante o número de pessoas que caminhavam de um lado para outro, como um formigueiro bem alinhado. As luzes vermelhas e brancas dos carros e ônibus que passavam correndo. E tudo isso durante a noite! Em Jesuítas, era muito raro ver tamanha movimentação, muito menos no período noturno. Começava a entender a expressão "São Paulo, a cidade que nunca dorme".

— Filho! Você está pronto? Vou chamar o elevador! — o grito da mãe o despertou de seus devaneios.

— Já vou, mãe!! — respondeu com um grito.

Em qual dessas caixas estão as minhas camisas?, se perguntou enquanto pegava uma caixa de papelão daquelas que se encontra no mercado. Seu nome estava escrito à caneta no lado de fora. Sacudiu-a para escutar o seu conteúdo. Pelo som que fez, imaginou serem os seus materiais escolares. *Na próxima mudança, em vez de escrever apenas o nome, poderíamos escrever o que tem dentro.*

— Que tal essa aqui, Bob? — falou apontando para a maior caixa do quarto. Kaio podia jurar que cabia dentro dela. Ele tentou pegá-la, mas estava muito pesada, então puxou-a com força, rasgando o papelão e abrindo um buraco grande suficiente para ver suas roupas bem dobradas. — Em cheio! — comemorou levantando os braços em sinal de vitória.

O cão, por outro lado, começou a rosnar em direção ao amontoado de roupas. Kaio percebeu que algo o incomodava.

— O que foi, Bob? O que você está farejando? — O menino deu uma longa examinada no lado de fora da caixa. Não vendo nada de estranho, se aproximou e começou a retirar as roupas. O cachorro rosnou com mais força e flexionou as pernas como se estive pronto para pular em cima do que saísse do meio daquelas roupas. Quando Kaio pensou que Bob iria atacar, encontrou algo entre suas calças e camisetas. Uma maleta.

Era uma mala de couro antiga, marrom, fechada por duas presilhas que muito pareciam retiradas de um cinto. Cheirava a coisa velha, pior do que seu tênis após um longo dia de correria. Kaio não lembrava de ter visto aquela maleta em casa antes, parecia coisa de uma época distante, talvez de seus avós.

Bob não parava de latir para a mala, muito incomodado. Então Kaio tentou abri-la, mas no momento que tocou as presilhas, sentiu algo se movendo dentro dela e deixou-a cair no chão, assustado. Deu um passo para trás junto com o cachorro, que colocou o rabo entre as pernas.

A mala de couro se debatia no chão como se tivesse vida própria, seja o que estivesse lá dentro, parecia querer se libertar.

— Filho, está tudo bem? O elevador está quase chegando — ouviu a mãe gritar do hall no mesmo instante em que a maleta parou.

— Estou indo — respondeu com a voz trêmula.

Kaio conseguia escutar seu coração batendo forte contra o peito como se estivesse tentando fugir do próprio corpo. A maleta estava ali, caída no chão em meios às roupas, parecia morta como um objeto qualquer deveria parecer. Avistou sua camisa favorita, uma vermelha com detalhes em preto perto dela, e sentiu um frio percorrer o corpo. Precisava chegar próximo à maleta de couro para pegá-la. Respirou fundo e sentiu sua respiração pesada enquanto caminhava em passos curtos em direção à bolsa. Bob latiu duas vezes como se o alertasse, até desistir e ficar em silêncio. Esticou a mão e aproximou-se com cuidado. Quando chegou perto da camisa, a tomou rápida como o pulo de um gato. A mala não se mexeu.

Kaio ouviu sua mãe o chamar de novo, dessa vez o tom de voz dela não parecia de quem chamaria uma quarta vez. Ele examinou a estática bolsa de longe e parecia tudo normal. Sem pulos, tremidas, movimentos estranhos, nada. Apenas uma bolsa de couro jogada no chão. Queria correr para sua mãe e avisar que havia algum animal ali dentro — talvez um gato tivesse se enfiado entre as roupas —, mas diante da imobilidade do objeto, resistiu a criar mais uma confusão, além do mais, estava com fome e não queria perder mais tempo. Seja lá o que estivesse dentro daquela mala, Kaio entendeu que poderia ficar ali mais um pouco. Com isso em mente, fechou a porta do quarto e voou para o elevador, antes que sua mãe desistisse de sair.

Agora que estava em meio ao movimento das ruas, Kaio não sentia o mesmo apreço de quando olhava pela janela. Fazia 30 minutos que ele e sua mãe estavam dentro do carro tentando chegar ao restaurante. O trajeto de poucos minutos se transformou em uma extensa viagem devido ao mar de carros e luzes vermelhas à sua frente.

Não conseguia deixar de pensar na mala de couro e quanto mais ponderava nas possibilidades de seres vivendo dentro daquele troço, mais seu interesse crescia. Chegou a perguntar para sua mãe se era possível algum animal viver dentro uma maleta de couro. Ela pareceu confusa com a pergunta. Se entendeu o motivo de sua curiosidade, não deixou transparecer. Preferiu não falar do ocorrido com medo da sua mãe expulsar o animal, aliás, ser um animal era a única explicação possível que Kaio concluiu para aquela situação. O que mais poderia movimentar a mala daquela forma?

Olhou pela janela e viu as pessoas andando mais rápidas que o carro, o que não era muito difícil considerando que estavam parados, e desanimou-se. *Ah, se estivesse com minha bicicleta, poderia chegar lá rapidinho*, pensou enquanto sua barriga roía de fome. Porém, a Branquela, como a chamava, não veio para São Paulo. Não tinha espaço no apartamento para guardar uma bike e assim a sua mente viajou do mistério do quarto para a vontade de estar em Jesuítas com seus amigos novamente.

Kaio chegou a acreditar que iria superar isso quando soube do fast-food perto de casa, era uma das coisas boas das cidades grande. Quando morava no Paraná precisava viajar até a cidade vizinha, Cascavel, para comer seus deliciosos hambúrgueres, pois não tinha o restaurante em Jesuítas, mas agora começava a perceber que se locomover dentro de São Paulo seria uma viagem quase igual aquela.

— A gente deveria ter ficado em casa. Podemos voltar? — ele disse em um misto de pergunta e pedido.

— Eu posso pegar o retorno ali na frente e voltar para casa, se quiser. Achei que você ficaria animado em comer seu hambúrguer favorito.

— Eu não estou falando de voltar para o apartamento — respondeu Kaio, apoiando o braço na porta. — Devíamos voltar para o Paraná, nós viemos para cá e aqui não é nada legal.

— Você sabe que não temos escolha — respondeu Helena suspirando, talvez por estar cansada de ter a mesma conversa de novo e de novo.

— Eu poderia trabalhar vendendo picolé na praça como o Binho e ajudar nas contas. Ele é dois anos mais velho que eu, mas sou mais esperto que ele.

— Você é uma criança. Crianças não deveriam trabalhar. Deveriam brincar e estudar.

— Eu tenho 11 anos. Sou quase um adolescente, e não uma criança. Além do mais, como eu deveria brincar se não tenho amigos e não posso fazer barulho? A maioria das nossas coisas ainda estão nas caixas de mudança. Não vai ser difícil se mudar de novo.

— Não há nada que possamos fazer. Infelizmente perdi o emprego e não tenho como sustentar nós dois em Jesuítas. Se existisse outro caminho, eu teria seguido — respondeu irritada.

Kaio não gostou de ver a veia saltando na testa da mãe, sabia bem que aquela veia não era bom sinal, e gostou menos ainda do tom de voz dela. Não achava justo ela poder falar com ele assim e a situação contrária terminar em castigos e broncas. Mas algo nele soprou mais forte e quis ficar com a última palavra mesmo que fosse em um sussurro:

— Eu só não entendo porque eu pago o pato, se foi você que perdeu o emprego...

Ao ver todo o rosto da mãe se endurecendo e a veia em sua testa saltitando fervorosamente, Kaio se arrependeu do que tinha dito enquanto ainda pronunciava a última palavra, mas não havia nada que pudesse fazer agora. As palavras faladas não eram capazes de voltar para sua boca. Para seu azar, viu sua mãe ficar ainda mais vermelha ao brecar repentinamente por causa de uma moto forçando uma ultrapassagem perigosa pela direita.

— Chega dessa conversa! Chega! Nós vivemos aqui agora e está na hora de você se adaptar e extrair o melhor possível das situações mais difíceis. Você acha que está sendo fácil para mim também? Se o seu pai estivesse aqui, talvez não precisaríamos viver assim, mas ele não está. Por que você não o culpa? Você diz não ser mais criança, então comece a agir como tal. Se quer algo diferente, seja a diferença! — respondeu dando um basta para a discussão.

Dessa vez, Kaio não conseguiu responder nada. Raramente ouvia sua mãe mencionar seu pai, o que indicava, provavelmente, ter ido longe demais. Esse assunto era um tabu na casa dos Martins. Dona Helena não gostava de comentar, e Kaio não tinha muitas lembranças do seu pai. Sabia que ele havia abandonado sua família quando ainda era muito pequeno, pelo menos era o que havia aprendido com seus avós maternos. Até o momento, Kaio não tinha pensado que essa mudança estava sendo tão difícil para sua mãe quanto para ele e culpou-se pelo último comentário. Não falou com intenção de machucá-la, mas assim como qualquer outra pessoa dominada pela frustração e ira, suas palavras tornaram-se como bombas prontas para ferir qualquer um ao redor, sem distinção. O discurso de dona Helena ressoou em sua cabeça: se quer algo diferente, seja a diferença parecia ser fácil na teoria, mas na prática, nem tanto. Não sabia direito como se adaptar às circunstâncias do momento, tudo era muito diferente do que ele estava acostumado. Se isso era uma aventura, Kaio certamente não queria viver uma. Além do mais, ser chamado de criança não foi algo agradável, mesmo sabendo ser uma. Nunca quis tanto ser um adulto. Adultos podem tomar decisões e viver onde entendem ser melhor. E, nesse caso, nunca sairia de Jesuítas, foi ali que nasceu e ali que deveria viver.

Todos esses pensamentos lhe fizeram sentir um cansaço e seu estômago parou de roncar. A fome foi superada pela vontade de ir para seu quarto e dormir. Tinha sido um dia longo, fizeram uma exaustiva viagem de carro de incontáveis horas entre o Paraná e São Paulo, e agora pareciam no meio de outra. Olhou pela janela e viu as mesmas lojas e placas que tinha visto alguns minutos antes e sentiu seu corpo derrotado.

— Ok, mãe. Vamos voltar para casa. Nossa casa em São Paulo.

CAPÍTULO 3

Kaio e sua mãe foram recepcionados em casa pelo cachorro animado e saltitante por tê-los por perto novamente. O cão era o único que parecia contente; eles, pelo contrário, estavam silenciosos e cansados da pequena tentativa frustrada de ir até o fast-food. Dona Helena foi até a cozinha para preparar um macarrão instantâneo ou qualquer outra coisa rápida para jantar, e Kaio pegou um copo d'água para não precisar ficar voltando para a cozinha. Foi até seu quarto para deitar-se quando se deparou com a mala de couro imóvel, no mesmo lugar onde a tinha deixado.

Durante a discussão com a mãe, ele encheu sua cabeça de outros pensamentos e esqueceu-se do mistério que rondava seu quarto, mas agora que estava de volta, examinou intrigado o objeto. Parecia uma maleta de couro comum, se não fosse os movimentos estranhos mais cedo. Quem não parecia feliz com o que via era Bob, que continuava tratando o objeto como um inimigo e latia querendo assustá-lo.

— Psiu! — reclamou Kaio fazendo um gesto de silêncio. — A mãe vai ficar desconfiada.

O cachorro ignorou o comando e não deixou de ladrar contra a mala. Kaio, preocupado da mãe descobrir o que estava acontecendo e tomar qualquer medida drástica, decidiu por excluir Bob desse mistério, colocou ele para fora do quarto e fechou a porta. Seja lá o que estivesse ali dentro, iria descobrir sozinho.

Deixou o copo sobre a escrivaninha e aproximou-se paulatinamente. Sentiu o suor frio escorrendo pela testa. Não entendia porque seu estômago estava embrulhado, não lembrava de sentir-se assustado assim quando caçou cobras com os garotos nas fazendas dos arredores de Jesuítas. É verdade que não encontraram nenhuma, apenas alguns animais do dia a dia da fazenda como galos e porcos, mas certamente Kaio não estava com medo de se deparar com uma serpente. Por que o nervoso agora? A diferença, como veio a perceber, era que naquele momento ele estava sozinho, era muito mais fácil encontrar coragem cercado de amigos. Se perguntou o que Rafael falaria se o visse assim, provavelmente diria que se tornou um piá de cidade grande.

Tomou coragem e apanhou a mala do chão. Sentiu o couro roçando sua pele e ao tocar na fivela, experimentou o frio do aço. Delicadamente desencaixou o primeiro pino para abri-la e sentiu a mala convulsionar em suas mãos. Dessa vez, ele não a largou. Hábil como um ladino, desprendeu a segunda presilha abrindo a maleta que simplesmente parou em suas mãos como se adormecesse.

Kaio franziu a testa confuso ao não encontrar nenhum animal no fundo da mala e sim um jogo de tabuleiro e dois livros. Retirou os achados e colocou-os no chão com cuidado. Vasculhou a maleta na tentativa de encontrar o que pudesse ter feito ela tremer daquele jeito. Procurou por bolsos secretos ou um cabo de energia. Tentou fechar e abrir de novo na esperança de ter o mesmo efeito e nada. Parecia uma mala de couro comum e nada mais. Sem titubear, voltou seus olhos para o jogo e os livros no chão.

Apanhou em suas mãos o primeiro livro, ele tinha uma capa verde e no topo estava escrito o título em dourado "Bravaterra: Manual do Jogador". Era pesado e denso. Geralmente Kaio não se interessaria por um livro assim, grande demais para seu gosto. Porém, um detalhe chamou sua atenção: ele estava trancado por um cadeado dourado embutido na capa. O segundo livro era parecido com o primeiro, contudo a capa era vermelha e o título dizia "Bravaterra: Livro dos Monstros" em letras prateadas, assim como a fechadura no centro da capa. Tentou forçá-las para abrir, mas não adiantou nada.

Sem conseguir extrair mais informações dos livros, decidiu examinar a caixa do jogo de tabuleiro. Abriu-a e encontrou pequenos bonecos em perfeito estado de diferentes tamanhos e formas, alguns deles tinham mais de uma cabeça, outros asas, alguns eram realmente pequenos, outros se destacavam por suas cores. A maioria parecia criaturas inumanas. Além das peças, também se deparou com um saco de tecido marrom com um arco-íris de dados dentro. Variavam entre cores como laranja, roxo, verde, sem contar que algumas eram brilhantes e outras escuras. Não apenas as cores pareciam ser aleatórias, mas o número de lados. Kaio não conseguia esconder o entusiasmo estampado em seu rosto ao ver dados diversos dos tradicionais de 6 lados, mas estava ali na sua frente, dados com 4, 8, 10, 12 e 20 lados.

"Bravaterra", repetiu para si ao ler a tampa da caixa. Não lembrava de ter jogado ou sequer de ter ouvido esse nome antes. *Talvez a caixa tenha mais alguma informação.* Virou-a derrubando todo os itens no chão e revelando uma chave dourada escondida debaixo do suporte de plástico preto no fundo da caixa. Sorriu ao encaixar a chave no livro verde e perceber que funcionava. O Manual do Jogador estava aberto. Tentou abrir o outro livro, mas não teve a mesma sorte. *Provavelmente preciso de uma chave prateada*, foi o que concluiu pelo menos. De qualquer forma, se existisse mesmo uma chave prateada, não estava ali.

Frustrado por não conseguir encontrar a outra chave, voltou sua atenção ao livro do jogador em suas mãos. Suas páginas eram antigas e pareciam prontas para se desfazer ao serem tocadas. Kaio afagou a página com cuidado e conseguiu sentir o relevo da tinta nas folhas do livro. Começou a folheá-lo e contorceu a boca assustado ao ver a dedicatória dentro dele: *Para Kaio Martins.*

Seu coração disparou e sua cabeça sobrecarregou-se de pensamentos. Naturalmente, a maioria deles eram perguntas. Procurou inutilmente nas páginas do livro algo sobre o autor. Pegou o celular e jogou "Bravaterra" na internet, mas não encontrou informações a respeito do jogo. O único caminho que encontrou foi continuar lendo.

Capítulo 1: Como Jogar

Esse é um jogo sem volta. Fique avisado.

Diferente dos jogos que você está acostumado, Bravaterra é tão imprevisível quanto a vida real. Justamente por não ser um jogo e, sim, uma realidade. Assim como em sua vida, na qual ao virar a esquina, você se deparará com um mundo de possibilidades. Talvez perigos ou paixões. Em Bravaterra, ao lançar os dados, não há como prever o que irá acontecer. Para o solitário, pode ser a multidão. Para o destemido, o desafio final. Para o preguiçoso, o impulso. Para o perdido, a confusão. Apenas lance-os se tiver certeza do risco que vai enfrentar. Não há como voltar.

O livro continuava por muitas páginas com palavras de difícil compreensão e sempre voltando para o mesmo ponto: lançar os dados. Seja lá o tipo de jogo que fosse, parecia complexo. E para Kaio, a melhor forma de aprender algo era praticando.

Apanhou a bolsa de dados jogada ao chão e refletiu sobre o verso, *"ao lançar os dados, não há como prever o que vai acontecer".* Não entendia bem o que aquilo significava, porque apesar de ver peças de criaturas, não encontrou um tabuleiro para movê-las. Para um jogo de tabuleiro, lhe pareceu muito estranho não haver um tabuleiro. Virou a sacola esparramando todos os dados pelo quarto, que saltitaram pelo chão até aquietarem-se em um número.

Naquele momento, o terror ultrapassou o seu rosto. Notou que todos aqueles dados, de alguma forma, exibiam sua maior face. Os dados de 20 mostravam o número 20, os dados com 8 faces pararam no número 8, e assim por diante.

Engoliu em seco e retomou a postura, sussurrando para si mesmo: "Dados viciados". Tentou se convencer daquilo, porém não conseguia negar a natureza estranha de uma quantidade tão grande de dados estarem viciados. Pegou o livro na tentativa de descobrir algo sobre isso, mas parou a leitura rapidamente ao ver o copo de água sobre sua mesa no fundo do quarto tremendo.

Aproximou-se do copo, desconfiado, e virou o rosto ao escutar um latido distante do corredor; quando seus olhos voltaram para o copo, finalmente perdeu a calma. Suas pupilas se arregalaram assustadas. O copo enchia-se sozinho. Em poucos segundos, a água transbordava e molhava a escrivaninha. Correu em direção a porta do quarto e encontrou-a trancada. Notou os dados brilhando no chão; o copo explodiu em uma torrente de água pelo quarto. Sua canela ficou coberta, até rapidamente ele perceber que a água já alcançava sua cintura...

— Socorro! Mãe! Socorro! — gritou desesperadamente socando a porta do quarto.

Não ouviu nenhuma resposta, sequer um latido de Bob.

CAPÍTULO 4

A água alcançou o peito de Kaio e ele se segurou a uma caixa flutuante para tentar manter a cabeça fora d'água. Batendo as pernas e um dos braços vigorosamente, tentou se arrastar até a janela do quarto. Se conseguisse abri-la, talvez a piscina que se formava dentro do cômodo esvaziaria. Bateu a cabeça no teto e percebeu que seu tempo estava acabando. Respirou fundo, aterrorizado, especialmente por não ser um bom nadador, e mergulhou como pôde na direção da janela. Se moveu agarrando a mobília do quarto até alcançar seu destino. Forçou a fechadura e nada. A janela não se abria.

Seus batimentos aceleravam e começou a perder a força. Algumas bolhas formaram-se ao seu redor na medida que perdia ar. Decidiu voltar para cima, pois precisava de uma última respirada antes de tentar quebrar o vidro da janela. Utilizou a escrivaninha para pegar impulso e deu uma braçada desesperada de quem não sabe nadar. Seu corpo subiu, mas não foi suficiente. Ainda não enxergava o teto. Sua visão começava a apagar-se. Esticou o braço em uma tentativa final de procurar algo para agarrar-se e tirá-lo daquela situação. Sentiu um apoio para a mão. Com toda força que lhe restava, puxou seu corpo para fora da água.

Tossiu os últimos goles que havia engolido e com os batimentos ainda acelerados, arregalou os olhos surpreso ao ver o verde de um gramado sem fim e um belo dia ensolarado ao seu redor.

Chacoalhou a cabeça de um lado para outro, tentando entender como saiu de seu pequeno quarto em São Paulo para o que parecia um extenso campo na encosta duma colina. Ah, e claro! Não podia esquecer do lago! Lembrou-se disso imediatamente quando bateu um vento em suas costas e estremeceu com o frio da roupa encharcada.

Nesse momento, uma preocupação congelou seus nervos mais do que as roupas molhadas. *Meu celular!* Retirou ele rapidamente do bolso e sorriu aliviado ao ver que ainda funcionava. Essa notícia certamente era um feixe de luz em meio ao mistério em que estava metido. Ainda confuso e tentando entender onde tinha se metido, ligou o GPS na esperança de localizar-se. Porém nem tudo foi um mar de rosas — apesar de haver literalmente um mar de flores ali perto do lago —, não havia sinal.

Perplexo, examinou o lago de águas cristalinas sem entender como estava se afogando nele até alguns minutos atrás e agora não aparentava ser fundo suficiente para molhar seus joelhos. Pior do que isso, onde raios ele estava e como chegou ali? Lembrou-se do jogo enigmático em seu quarto e as palavras escritas no livro: *"Apenas lance-os se tiver certeza do risco que vai enfrentar. Não há como voltar"*. Para onde o jogo o teria levado? Fechou os olhos e recordou-se de estar cansado da viagem e ter ido ao seu quarto. Talvez tivesse dormido, mesmo que lhe fugisse da memória ter se deitado.

Caiu no chão desolado e ficou alguns minutos entregue ali.

Por mais que quisesse acreditar que aquilo era um sonho, não parecia ser o caso. Sem muitas alternativas e confuso, lembrou de um velho conselho de sua mãe: se quer algo diferente, seja a diferença. Naquele momento, as palavras fizeram sentido para ele, afinal, ficar parado não resolveria muito sua situação. Levantou-se e decidiu avançar colina acima. Pareceu-lhe ser uma ideia inteligente tirar proveito da visão privilegiada do alto para encontrar ajuda ou quem sabe receber sinal e conectar-se à internet.

Os primeiros passos foram difíceis por causa da roupa molhada, mas com o decorrer do tempo, o sol foi ajudando Kaio. Ao chegar no topo do morro, não deixou de notar a beleza do lugar. Diferentemente da paisagem de São Paulo poluída por prédios, automóveis, sons e luzes, a colina era cercada de vegetação, natureza e algumas árvores. Até mesmo Jesuítas parecia mais movimentada que aquela colina. Pareceu-lhe um bom lugar para se viver e jogar futebol.

Kaio franziu a testa ao desbloquear o celular e notar que continuava sem sinal. Também não viu vestígios de nenhum ser humano por perto. Aprendeu que se algum dia se perdesse, deveria procurar por um policial, mas não parecia ter nenhum à vista no horizonte. Levantou o smartphone aos céus em uma tentativa desesperada de conectá-lo e comemorou com um grito de alegria ao senti-lo vibrar. Porém, seu sorriso desapareceu ao perceber que o aparelho ainda não tinha sinal. *Sinal em todo lugar, uma ova!* Mal terminou de queixar-se da operadora e sentiu outra vibração, dessa vez mais forte. Não apenas o celular vibrava em sua mão, mas percebeu o chão tremer debaixo de seus pés cada vez com mais intensidade. Olhou para trás e avistou um grande rebanho à distância, marchando em direção à colina e balindo: *"ahó ahó"*.

De longe, pareciam bolas brancas de pelo, provavelmente ovelhas, imaginou. Ficou boquiaberto com a velocidade com que marchavam. Já tinha visto ovelhas e carneiros antes, mas nenhum que se movimentava com tamanha rapidez, o que lhe deixou encantado. Mas conforme o rebanho se aproximava, assombrava-se, e não era por menos. Apesar do primeiro instinto de Kaio em identificar os animais como cordeiros não estivesse totalmente errado devido aos seus troncos felpudos, também não estava totalmente certo, como logo veio a reconhecer. As criaturas pareciam uma estranha combinação de animais, com rabos de lagarto, chifres curvados e pontiagudos, e pernas reptilianas. Sem contar o seu tamanho, eram duas, senão três vezes maior que uma ovelha comum; e o mais importante, corriam em sua direção.

Pálido, procurou por algum esconderijo para se proteger enquanto gritava por socorro para o grande vazio. Não viu alternativas além de subir em uma das árvores espalhadas. Avistou uma de cedro à encosta do morro e desceu voando a colina. A cada passo dado, se manter de pé se tornava um desafio ainda maior devido ao pequeno terremoto sob os seus pés. Os animais se tornavam mais claros conforme avançavam e em uma rápida olhadela, Kaio conseguiu identificar dentes afiados como de tubarões e olhos vermelhos fazendo-o desejar correr ainda mais rápido do que suas pernas eram capazes. Claro que isso o levou a um belíssimo tombo e comer um pouco da grama. Quando se levantou, atordoado, fechou os olhos ao ver as presas de uma das criaturas sobre si.

Ao abri-los novamente, foi surpreendido por uma flecha flamejante que pousou entre ele e o monstro, obrigando-o a mudar de caminho. Um grito de guerra ecoou pela colina e uma garota apareceu brandindo uma tocha para lá e pra cá e se colocou entre Kaio e o rebanho, os afastando com o fogo.

— O que você pensa que está fazendo? Vai se levantar ou não?

Kaio, estupefato, apenas conseguiu balbuciar alguns sons sem significados. A menina juntou as sobrancelhas nervosa, e sem delicadeza nenhuma, puxou sua camiseta obrigando-o a ficar de pé. Qualquer esperança que Kaio ainda tinha sobre ser um sonho, foi dissipada nesse momento.

— Para a árvore! Vamos! Eles não vão largar do nosso pé enquanto estivermos no chão.

Kaio balançou a cabeça se recompondo e correu em direção à árvore de cedro. A garota o seguiu logo atrás, balançando a tocha e afastando os animais que continuavam balindo e correndo desalinhados entre si. Com um salto, o menino agarrou um galho e trepou na árvore até um lugar seguro. Ofereceu ajuda estendendo a mão para sua salva-vidas, mas ela recusou o auxílio e escalou sozinha.

— O que são essas coisas? — Kaio mal conseguiu terminar sua pergunta e foi cortado pela garota com um sinal de silêncio. A quietude perdurou por alguns minutos até os animais deixarem de circular a árvore e retomarem sua marcha para outra direção nos campos. Apenas após eles se tornarem pequenas bolas no horizonte é que a menina desceu do tronco e deu sinal indicando que estava tudo bem.

— Obrigado pela ajuda! — disse Kaio aliviado ao descer da árvore. — Achei que eu tava morto.

— E realmente estaria se ficasse caído no chão — respondeu dando as costas e voltando a trilhar seu caminho.

Nunca entendeu por que garotas mais velhas — explicação que ele deu a si mesmo por ela ser um pouco mais alta que ele — agiam como superiores pertos dele. De qualquer forma, apesar de Kaio não ter gostado da forma como ela disse aquelas palavras, preferiu não responder no mesmo tom. Ela havia salvo sua vida e era a única alma viva na região pelo que sabia. Além, é claro, das temíveis criaturas que o perseguiram.

— O que são aquelas ovelhas? — perguntou acelerando o passo para se aproximar dela.

Ela parou repentinamente e levantou uma sobrancelha indignada. — Ovelhas? Não eram ovelhas. Eram Ahós Ahós! Você não viu os dentes afiados e as pernas de lagarto?

— Ahós Ahós? — repetiu sem entender o que ela estava falando. Kaio nunca tinha ouvido desses estranhos animais em sala de aulas ou nas fazendas. Mas cortou seus pensamentos ao vê-la se distanciando de novo.

— Ei! Espera! Me ajuda, por favor! Eu estou perdido — implorou.

— O que você quer? — perguntou a garota, após virar-se para ele mais uma vez impaciente.

Pela primeira vez, Kaio notou que ela não se vestia de maneira comum. Trajava uma blusa azul feita de linho que não chegava a cobrir o umbigo, uma saia drapeada amarela boa para correr e um colar de sementes de morototó. Carregava uma aljava pendurada nas costas junto com um arco de madeira. Sua pele parecia acostumada com o sol e pintada com desenhos em vermelho, que Kaio não soube identificar o que significavam. — Meu nome é Kaio — disse estendendo a mão. — Você é uma índia?

A garota olhou para a mão dele, desconfiada. — Eu sou Yara. Uma amazona! — Examinou-o de baixo para cima, notando seu tênis branco e a calça jeans molhada. Seu semblante mostrava que ela nunca tinha visto antes aquelas roupas. — O que você é? — perguntou, curiosa.

— Uma amazona? Eu sou um... paranaense, eu acho. É aqui que nós estamos? Perto de Manaus?

— Um paranaense? Nunca ouvi falar desse povo. E não conheço nenhuma Manaus.

— Você nunca ouviu falar do Paraná? No sul do país? E São Paulo?

Yara enrugou o nariz claramente desconfortável por não saber das coisas que Kaio falava. — Eu nunca desci tão ao sul. Não conheço a região.

— Entendo. Acho que posso te mostrar onde fica. — Pegou o celular no bolso para abrir o mapa, mas antes de sequer desbloquear a tela, Yara apontou uma flecha em sua direção.

— Que tipo de arma é essa?! — Seus olhos mostravam que ela não estava de brincadeira.

Kaio engoliu em seco e levantou as mãos em rendição, sem saber o que fazer. — Calma! Calma! É só um celular. Sabe, para tirar selfies e tal?

A menina pareceu ainda mais confusa. Com movimentos lentos para não despertar sua ira, Kaio tirou uma selfie para demonstrar seu ponto. Porém, no momento que ela viu sua própria fotografia, todo seu rosto ficou tão vermelho quanto a faixa pintada sob seu nariz e bochechas. E seus olhos castanhos incendiaram de raiva.

— Bruxo das trevas do Paraná! Que maldição jogou sobre mim?

Kaio empalideceu, confuso, ao ver Yara puxando com mais força a flecha. Qualquer deslize e aquele arco dispararia em sua direção.

— Você prendeu minha alma nessa caixa! Exijo que a liberte, senão vou atirar em você!

Apesar do perigo, o menino não conseguiu conter a gargalhada. Yara, por sua vez, fez uma careta não entendendo o motivo da graça.

— Não é magia nenhuma. É apenas uma foto. Viu só? — Demonstrou outro exemplo, dessa vez tirando uma foto do gramado. — É como se fosse uma pintura instantânea. Quer tentar?

A garota amazona esticou o pescoço curiosa para o aparelho e apanhou o celular das mãos de Kaio. Aos poucos, seu olhar confuso foi dando lugar a um sorriso entusiasmado conforme conseguia fotografar a colina e a si mesma.

— Essa é uma ferramenta um tanto quanto interessante. Todos da tribo paranaenses têm um desses? — seu tom de voz não parecia conter mais ameaças.

— Quase isso. Yara, certo? Deixa eu te mostrar uma coisa. Esse é um mapa do Brasil, eu moro aqui. — Apontou para São Paulo. — Você sabe me dizer onde nós estamos?

— Eu nunca vi um mapa como esse antes. Tudo que posso te falar é que estamos no leste de Bravaterra. A cidade mais próxima é Campanário Tostário.

— Bra-Bravaterra. Você disse Bravaterra? — perguntou com medo da resposta.

— Foi exatamente o que disse.

Kaio perdeu a cor ao ouvir a confirmação do seu maior pesadelo. Teria ele, de alguma forma, entrado dentro daquele jogo de tabuleiro? Os Ahós Ahós, a falta de sinal... Tudo começava a fazer sentido. As palavras do manual, *"esse é um jogo sem volta. Fique avisado"*, ganharam de repente um novo significado.

Isso não está certo. Eu não sou deste mundo. Eu só quero voltar para casa!

Nenhuma dessas palavras conseguiu se tornar som em sua boca. Pelo contrário, a única coisa que subiu pela sua garganta foi uma vontade de chorar, que tentou segurar ao máximo para não ser motivo de chacota da nova menina.

— Que raio te atingiu? — perguntou Yara vendo o garoto alterado.

— Você precisa me ajudar! Eu não sou de Bravaterra! Sou de outro mundo! Eu vim parar aqui por acidente através de uma magia, portal, não sei explicar. Em um minuto, estava em casa e de repente, cheguei aqui.

A garota franziu a testa desconfiada e o examinou novamente.

— Outro mundo? Você está falando a verdade?

— Por que eu mentiria? — falou Kaio, encolhendo os ombros sabendo que não era uma história fácil de acreditar.

— Entendo... isso explica porque nunca ouvi falar da tribo paranaense do Brasil e de seus celulares. É verdade que lendas de outros mundos são bem populares em Bravaterra. Mas nunca vi um desses portais ou conheci alguém que realmente soubesse como viajar entre os mundos.

— Mas você sabe como achá-los? Os portais? — perguntou esperançoso.

A menina colocou uma mão no queixo, pensativa.

— Se eles existem, talvez seja possível encontrá-los. Quem sabe você consiga alguma informação em Campanário. É uma cidade movimentada, então circula todo tipo de informação.

— Por favor, me leva até lá. Você precisa me ajudar a voltar para casa!

— Eu não posso fazer isso. Tenho meus próprios assuntos para cuidar. Além do mais, está bem claro que você não é nenhum guerreiro. Não conseguiria acompanhar meu ritmo! — respondeu cruzando os braços.

— Eu posso pagar! — argumentou Kaio, desesperado com a possibilidade de ficar sozinho naquela colina, à mercê dos Ahós Ahós. — Se você me ajudar a voltar para o meu mundo, eu te dou meu celular e você vai poder tirar quantas fotos quiser.

Os olhos da menina cresceram por um minuto e depois recuaram como quem refletia antes de tomar uma decisão.

— Eu não posso garantir sua segurança, dependendo de onde formos — falou pausadamente —, e nem sequer se vamos realmente achar um jeito de te levar para casa. A única coisa que posso fazer é te guiar por Bravaterra e te ajudar na investigação. Você está de acordo?

Não era bem o tipo de negociação que ele esperava. Era seu celular, seu único celular, que ganhou de aniversário quando fez 10 anos. Não queria trocá-lo por uma mera promessa sem garantia nenhuma de resultado. Por outro lado, sabia que se ficasse ali sozinho, não resistiria. Estava longe de casa. Longe de sua mãe, de seu fiel cachorro. Não sabia que tipo de perigos Bravaterra escondia, e só de lembrar os olhos vermelhos e os dentes afiados dos Ahós Ahós, seu corpo estremecia. Uma companheira era melhor que nada e de nada lhe serviria o celular se nunca voltasse para casa. A contragosto, respondeu: — Eu aceito, com uma condição: eu só te entrego o celular no final da missão.

Yara confirmou com a cabeça e se pôs a andar.

Kaio deu o primeiro passo atrás dela e à frente de sua jornada.

CAPÍTULO 5

Apesar de Yara ter dito que Campanário Tostário ficava próximo das colinas, Kaio veio a descobrir que a definição de "perto" de Yara era muito diferente da sua. Apenas chegaram na cidade no dia seguinte ao incidente com os Ahós Ahós e após muitas horas de caminhada. Provavelmente pela exaustão que sentia, dormir nos campos não foi um desafio tão grande quanto cogitou. Por outro lado, conversar com Yara foi um tanto quanto complicado. Embora ela não o tratasse com a mesma dureza que no primeiro contato entre eles, ainda não era capaz de trocar muitas palavras. De vez em quando perguntava alguma coisa sobre o mundo de Kaio, especialmente sobre o aparelho celular, e assinalava surpresa às respostas. Porém, a maior parte da viagem nesse último dia foi em silêncio, o que a tornava ainda mais cansativa.

O cenário à sua volta não mudou muito durante a caminhada. Planícies e morros alternavam entre si em um oceano de relva verdejante. Kaio se esforçava para manter o ritmo de Yara e se perguntava como ela conseguia andar com tanta pressa sem sequer ofegar. E ainda caminhava descalça! Supôs que as pessoas de Bravaterra, ou pelos menos as amazonas, deveriam ter algum tipo de super perna. Ele só queria chegar na tal Campanário Tostário, e já estava pronto para cair no chão e reclamar das pernas doloridas quando sorriu ao ver os muros da cidade não muito distantes.

— Existem duendes no seu mundo? — perguntou Yara.

— Duendes? Como os do Papai Noel? De orelhas pontudas e que constroem brinquedos para as crianças?

— Eles têm orelhas pontudas, mas certamente não constroem brinquedos para crianças. Não sem algum interesse por trás, pelo menos.

Kaio balançou a cabeça em sentido negativo. — Não há duendes no meu mundo.

— Entendo. Preste atenção, então. Essa cidade é controlada por duendes e tudo que você precisa saber sobre eles é que são uma raça de mesquinhos. — Fez uma careta sinalizando a repulsa que sentia por eles. — A maioria deles são gananciosos e muito espertos. Adoram dar golpes, especialmente com jogos de azar. Se puder, evite falar com eles. Eles representam encrenca e se você der espaço, não vão te largar mais. Nós vamos achar um lugar para ficar e depois precisarei resolver alguns assuntos e você tenta obter alguma informação. Estamos entendidos?

Kaio apertou os lábios preocupado com a descrição dos duendes e acenou com a cabeça em sentido positivo.

— Ótimo. Vamos indo.

Ao se aproximar da cidade, Kaio notou que o muro formado por espigas de madeira era mais alto do que supôs. Alto suficiente para proteger de invasores e vigiado por um guarda atento, alocado na torre do lado de dentro.

— Crianças, por aqui? O que cêis querem? Não temos esmolas para dar não — resmungou o guarda de cima do muro.

— Não queremos esmolas. Eu sou Yara. Uma amazona. Só queremos um lugar para pousar.

O duende desapareceu da vista deles. Não obtiveram nenhuma resposta por alguns minutos além do silêncio estarrecedor. Kaio estava pronto para sugerir gritar de novo quando de repente os portões de madeira se abriram trazendo uma figura estranha. Um homenzinho, não muito mais alto que Kaio, de pele verde, orelhas pontudas e cabelos brancos. Kaio ficou um pouco decepcionado, apesar de não saber ao certo como deveria esperar que um duende se parecesse.

— Hã? Uma amazona? *Qualé* a chance de ver uma de vocês por essas bandas — falou em um tom que deixou Kaio em dúvida se era uma reclamação ou apenas uma afirmação. — Tu não é novinha demais para ser uma amazona? Tu tem quantos anos? 9? 10?

— Eu tenho quase 12! — respondeu Yara, cruzando os braços, incomodada. — E sou uma Aurimim.

— Ah, sim. Uma Aurimim. Está explicado. Sejam bem-vindos a Campanário Tostário. — Sorriu revelando a falta de uma quantidade considerável de dentes na boca. — Espero que tenham uma boa estadia.

Por dentro, o Campanário parecia muito com aquelas cidadezinhas de filmes medievais que Kaio assistia. As ruas eram de pedregulhos encaixados uns nos outros como um gigantesco mosaico. As casas usavam os mais diversos materiais. Algumas eram construídas exclusivamente por madeira; outras, as mais chiques, usavam pedras e telhas. Comerciantes, artesãos e ferreiros realizavam seus ofícios ao ar livre. As vielas eram bem movimentadas para uma cidade daquele tamanho. Tanto por homens, como também por duendes verdes — alguns até cinzas —, como Kaio veio a notar.

Yara chamou Kaio, hipnotizado pela cidade:

— Vamos indo. Tem uma famosa taverna aqui perto que também serve de estalagem, eles podem nos receber.

— Certo — respondeu apressando o passo para perto dela.

Dessa vez, para alegria de Kaio, o perto dela realmente significava perto. Andaram por cerca de duas quadras e uma esquina, até chegarem ao "Dragão Vermelho". A estalagem era uma grande casa de madeira. Pelo número de janelas, Kaio imaginou que a casa deveria ter pelo menos três andares e por algum motivo a estalagem não tinha uma, nem duas e sim, três chaminés espalhadas pelo edifício. Duas de pedra e uma de ferro. Na entrada havia uma bela porta vermelha, grande o suficiente para passar três pessoas uma do lado da outra, e uma placa de madeira com o nome do local e o desenho de uma serpente verde alada. Kaio torceu para que dragões fossem tão fantasiosos em Bravaterra quanto eram na Terra.

Ao adentrar, foram recepcionados por um duende gordo de rosto redondo o suficiente para mal distinguir o que era seu pescoço e sua cabeça. Sua pele tinha uma tonalidade de verde escuro como musgo. Usava uma corrente de ouro presa ao pescoço e um avental branco.

— Ora, ora, duas crianças. Vieram brincar no cassino? — disse soltando um bafo pestilento.

— Não viemos pelos jogos. Queremos apenas almoçar e um lugar para passar a noite.

— Oh, sim! Entendo, entendo. Tu sabe que preciso perguntar. *Cêis* têm? — juntou seus dedos arredondados fazendo um sinal de dinheiro.

Yara mostrou uma moeda prateada que Kaio não soube identificar quanto valia, mas pelo sorriso escancarado do duende, entendeu ser suficiente. Virou-se em direção às escadas que levavam ao segundo andar e gritou:

— FRED! VENHA CÁ, AGORA!

Rapidamente desceu um duende magrelo de rosto triangular e nariz pontudo. Sua pele era verde como uma folha de primavera. Usava um brinco de ouro em sua orelha e seu sorriso mostrava que o brinco não era o único ouro anexo ao seu corpo.

— Eaí, chefia? Que tu precisa, Berto? — perguntou Fred ofegante.

— Trate de arrumar um quarto para os dois passarem essa noite. Também coloque Luca para trabalhar! Está quase na hora de servimos a refeição e não vi a cara daquele guri por aqui — disse de forma áspera, apesar de mudar o tom rapidamente ao se direcionar aos clientes. — E cêis, podem vir entrando. Podem se sentar onde quiserem, que Luca logo irá servir a mesa de cêis. Se quiserem fazer alguma aposta, fiquem à vontade para descer até o cassino no subsolo. Não sejam tímidos, adoramos novos jogadores. No andar de cima encontrarão seus aposentos.

— E assim, deixou Kaio e Yara em uma mesa no canto da taverna.

— Duendes — falou Yara fazendo uma careta por causa do cheiro de Berto que ainda não tinha os deixado.

— Eles não pareceram tão ruins quanto você falou — comentou Kaio. — Apesar do mal cheiro.

— Enquanto estivermos enchendo os bolsos deles, não teremos problemas.

Sem saber o que dizer, Kaio mudou de assunto: — O que é uma *Aruramin*?

— Você quer dizer Aurimim — respondeu despontando uma risada na boca. — Você não tinha dito que seu celular tinha todas as informações? Não consegue olhar nele?

— Não é assim que ele funciona. Ele precisa de internet para funcionar.

— Internet?

— É, internet. Como posso explicar? É uma magia invisível que faz ele ter mais... poderes.

Yara, absorta na explicação, não piscou os olhos. — Embora os braços fracos, seu povo deve ser muito poderoso — concluiu, por fim.

— Ensopado de frango! E pão de ontem! — cortou a conversa um menino humano de pele escura e olhos castanhos carregando tigelas empilhadas quase na metade da sua altura em uma mão e servindo a mesa com a outra.

— Obrigado. Luca, eu imagino — agradeceu Kaio.

— Ao seu dispor! — respondeu se afastando da mesa e indo em direção à outra.

Yara levantou um dedo e retomou a explicação: — Aurimim é uma garota amazona em processo para se tornar uma mulher guerreira. Aos 10 anos, nós saímos das nossas tribos e viajamos o mundo em busca de 5 conhecimentos: caça, combate, sabedoria, medicina e magia. Para cada um desses conhecimentos nós ganhamos um pingente — chacoalhou o braço revelando quatro pingentes presos em sua pulseira. — Quando conquistamos esses conhecimentos, podemos finalmente voltar para casa e passar por uma prova para sermos consagradas como Guerreiras Amazonas.

— Uau! Você já tem quatro? — disse Kaio, impressionado.

— Sim, agora só falta o de magia. É o mais difícil de obter, já que não tem muitas pessoas por aí que realmente entendam algo de magia.

Kaio confirmou com a cabeça e imaginou como seria viajar o mundo com apenas 10 anos de idade. Porém, seus pensamentos não foram muito longe ao serem dissipados pelo estrondo de cerâmica quebrando no chão e Luca caído no meio deles.

— Ei! Por que você não olha por onde anda?! — reclamou um homem alto de bigode enrolado.

— Por que não olha você?! Foi tu quem me acertou!

O homem estava pronto para falar mais alguma coisa se não fosse Berto aparecendo como uma tempestade. Apesar do tamanho arredondado, saltitou como um sapo para intervir na situação.

— Peço desculpas, senhor. Esse aqui não sabe o que fala — apaziguou dando um tapa na cabeça de Luca.

— Ai! Foi ele que me acertou. Eu não tive culpa — argumentou colocando a mão na cabeça.

— Tu, trate de ficar quieto! — esbravejou Berto, dessa vez puxando a orelha do garoto, fazendo-o gritar de dor.

— Ei! Você não pode machucar ele assim! — disse Kaio sem perceber o momento em que se levantou e com as bochechas quentes ao notar que todos no salão o encaravam.

O rosto do duende se contorceu ao ser contrariado e esbravejou algumas palavras em uma língua que apesar de Kaio não conhecer, tinha certeza que não era nada de bom. Até recompor a compostura e falar em um tom mais ameno: — Ouviu isso, Fred?

— Ouvi, ouvi sim, chefia — gargalhou o duende magro. — Disse que tu não pode maltratar o pirralho.

— Vamos deixar uma coisa clara aqui. Ele é meu criado. Sou dono dele! Eu decido como gerenciar meu negócio, guri — falou com pausas e cuspindo as palavras.

— Isso não está certo — reclamou. — Machucar as pessoas assim não é legal!

— Está tudo bem. Não se preocupe comigo — falou Luca tentando abrandar a situação.

Berto se aproximou de Kaio o forçando a virar o rosto por causa do bafo. — Viu, está tudo bem. — Sorriu mostrando um dente de ouro no canto da boca. — Se tiver mais alguma coisa para dizer, pode falar lá fora.

Kaio procurou Yara. Ela acenou negativamente, com um olhar triste. Com um pesar no coração, lembrou-se do conselho dela para não arranjar problemas com eles. Talvez ela estivesse certa, duendes não eram flores que se cheire. Ele sabia que não era certo o menino ser punido dessa forma. Mas o que poderia fazer? Não era um adulto. Se fosse, poderia colocar ele no pau, como dizia sua mãe. Nada como um bom advogado para resolver as coisas. Só que nem sua mãe, nem advogados estavam por perto. Estava sozinho. Em outro mundo. E aos poucos foi se esvaziando de sua coragem.

— Tu tem ou não tem algo para falar? — perguntou, enfim, o duende.

— Não, senhor...

CAPÍTULO 6

Após a refeição, Yara se separou de Kaio e foi até a cidade sozinha comprar linho para seu arco. Sugeriu ao companheiro vasculhar a região atrás de alguma informação sobre portal ou magia sem chamar atenção. O que era missão praticamente impossível, considerando que atraía todo tipo de olhares por causa da sua roupa e não fazia a menor noção por onde começar. Por isso, quando Yara partiu, Kaio apenas sentou-se na calçada nos fundos da taverna e respirou o ar fresco, tentando se situar. De qualquer forma, foi um alívio sair do Dragão Vermelho e dos olhos inquisitivos de Berto e Fred mesmo que não por muito tempo já que passaria a noite na taverna dos duendes. Mas sabia que qualquer minuto longe do bafo daqueles duendes era motivo de vitória.

Aquilo tudo continuava parecendo loucura para ele. Ainda não tinha se acostumado com a ideia de estar vivendo em Bravaterra e vendo duendes e ovelhas monstruosas. Às vezes tinha vontade de simplesmente sair correndo, gritando por sua mãe. Porém, não adiantava chorar pelo leite derramado. Afastou o pensamento tentando focar na solução. Observou a rua e as carroças capengando pela estrada de pedra. Homens e mulheres descansavam em cantos com sombra assim como ele. Galinhas bicavam o chão em busca de resto de grãos e de certa forma, aquilo o ajudou a se acalmar, trazendo Jesuítas e a vida no interior à sua memória.

— O que você está fazendo sentado aqui fora sozinho? — perguntou uma voz conhecida.

Kaio virou-se para o lado e viu o menino da taverna, Luca, arrastando dois sacos de lixo.

— Bolando um plano ou pelo menos tentando, eu acho — respondeu, pego de surpresa. — Você precisa de ajuda?

Luca largou os sacos num canto próximo a cerca lateral.

— Precisa não. Está resolvido aqui. Depois os duendes da rua vêm buscar.

— Os lixeiros?

— Aqui chamamos de sucateiros. Você deve ser de bem longe, não é? Nunca vi alguém trajado como você.

Kaio acenou afirmativamente com a cabeça.

— Qual seu nome mesmo? — perguntou Luca, sentando-se ao lado dele.

— Me chamo Kaio.

— Kaio, certo! Obrigado por mais cedo — falou com um sorriso.

— Mas você não devia ter feito aquilo. Aqueles carinhas são encrenca. Arranjar problema com um duende é um compromisso para a vida.

— Eles não deviam te tratar assim — rebateu Kaio.

— É... talvez. Qualquer dia eu saio daqui! Deixa só eu crescer e pagar minhas dívidas. Depois disso, serei livre! — afirmou com brilhos nos olhos. — Que tipo de plano você está bolando?

— Um para voltar para casa. Yara me falou para conseguir informações na cidade. Só que não faço ideia de por onde começar.

— Que tipo de informação você precisa? Talvez eu possa te ajudar. Conheço tudo por essas bandas.

— Preciso saber sobre portais ou feitiços para outro mundo.

Luca arregalou os olhos.

— Tu falou o-outro mundo? Portal? — disse, não conseguindo esconder um pouco do sotaque duêndico.

Kaio recuou um pouco ao perceber que não era um assunto tão comum quanto pensou.

— Você não saberia de nada, não é? — perguntou desanimado, devido à reação do garoto.

— O-outro mundo... — repetiu. — Isso é... incrível! Por isso suas roupas são tão estranhas! — falou entusiasmado. — Portais? Eu nunca ouvi nada do gênero. Duvido muito que vá descobrir algo assim em Campanário. Mas existe uma lenda muito famosa em Bravaterra, talvez você já até tenha ouvido. A lenda do Mago Azul!

Kaio negou com a cabeça.

— Não? Então tu precisas ouvir! É uma longa história. Diz a lenda que havia um mago tão poderoso e que conhecia tantos feitiços que era capaz de viajar entre mundos quando quisesse. Talvez não seja tão longa assim.

Kaio se pegou sorrindo involuntariamente com desajeito do menino e excitado com a notícia. Era a primeira vez que ouvia algo concreto que pudesse te ajudar.

— Onde ele está? Preciso falar com ele! — disse, sem respirar.

Dessa vez foi o rosto de Luca que assumiu uma forma sombria.

— É só uma lenda antiga. Dizem que faz muitos e muitos anos desde a última vez que alguém realmente o viu.

Os lábios de Kaio foram aos poucos se retraindo.

— Entendi...

— Não desanima, Kaio! Se existiu um mago capaz de fazer isso, talvez existam outros. Ouvi falar que vive uma feiticeira poderosa nas florestas depois da serra. Quem sabe ela não conhece algum feitiço para te ajudar? Afinal de contas, um feitiço é um feitiço e quem melhor para saber sobre eles do que uma feiticeira?

Uma feiticeira, repetiu para si mesmo e percebeu o coração pulsar mais forte com a luz no fim do túnel. Não conseguiu deixar de pensar que geralmente nas histórias que ouvia as feiticeiras eram más e assustadoras. Por outro lado, os duendes eram sempre legais e construíam brinquedos com o papai Noel e aquele não era bem o caso. Então, não podia levar em conta a sua experiência na Terra. Além do mais, não viu nenhuma preocupação no tom de Luca e aquela poderia ser a saída que tanto procurava. Por isso, decidiu animar-se com a possibilidade! E ficou ansioso para contar para Yara que finalmente tinha um plano. Um plano para voltar pra casa.

Após a conversa com Luca, Kaio aguardou ansioso por Yara, na expectativa de contar sobre a feiticeira e seu plano para a companheira. Quando a menina apareceu na rua, foi correndo até ela para falar tudo o que tinha descoberto e foi cortado por um frio "ainda não. Não sabemos quem está nos ouvindo." E adentrou silenciosamente a taverna. Kaio não gostou do jeito que ela falava, sempre como se fosse uma tremenda sabe-tudo, mas também não estava em posição de negar ajuda e engoliu o orgulho em silêncio.

Ao adentrar no estabelecimento atrás dela, baixou a cabeça e acelerou o passo até o segundo andar. Não queria saber de conversa com Berto, Fred e seus falsos sorrisos de ouro. Infelizmente, não conseguiu passar despercebido. Ouviu alguns comentários no dialeto deles e ficou contente por não conhecer a língua. Duvidava que estavam dizendo alguma coisa boa. Pelo menos, quando voltasse para casa, não precisaria lidar mais com eles. Ao mesmo tempo, sentiu pena de Luca que, independentemente de qualquer coisa, ainda precisaria viver com os dois duendes.

Foram diretos até o quarto de Yara e Kaio murmurou uma "licença" antes de entrar, não queria ser indelicado, afinal de contas, era o quarto de uma garota.

Ao entrar, fechou a porta e esperou pacientemente Yara dizer alguma coisa como quem espera permissão. Não queria levar outra resposta dura.

— Pode falar agora — disse Yara. — É uma cidade de duendes e eles são bisbilhoteiros. É perigoso fazer planos ao ar livre. Mas estamos seguros aqui, eu espero.

Kaio concordou com um aceno lembrando como uma fofoca espalhava rapidamente no interior.

— Descobriu algo? — perguntou a amazona, por fim.

Kaio recapitulou o que conversou com o Luca sobre os magos e feiticeiras, também aproveitando o momento para explanar suas dúvidas.

— Claro que existem magos e feiticeiras! — afirmou Yara. — Como você acha que vou conseguir o pingente da Magia? Preciso estudar com alguém que entende de magias, isso sim. Magos, druidas e feiticeiros são alguns. E você está confundindo feiticeiras com bruxas. As bruxas são vis e utilizam seus poderes mágicos para propósitos egoístas. As feiticeiras, assim como os magos, buscam o equilíbrio e não fariam nenhuma maldade.

— E quanto o Mago Azul que viaja entre mundos? Não há esperança mesmo?

— Ninguém vê o Mago Azul há muitos e muitos anos. Ele é praticamente uma lenda — respondeu Yara, lamentosa. — Mas se as histórias são verdadeiras, faz sentido outras pessoas conhecerem os feitiços. Quem sabe uma feiticeira realmente possa te ajudar.

— Isso! Luca falou que ouviu rumores de uma feiticeira vivendo depois da serra, eu acho — falou com dificuldades de conter sua animação. Era a confirmação de um caminho para casa e a melhor notícia que recebia desde que chegou a Bravaterra.

— Eu também ouvi falar de uma feiticeira nos arredores das florestas depois da Serra Tempestuosa... — respondeu pestanejando.

— Serra Tempestuosa? Por que estamos perdendo tempo?! Vamos agora! Eu volto para casa e você completa sua formação de guerreira amazona com a feiticeira!

— Paranaense tolo! Não é tão simples assim. Uma viagem dessa levaria pelo menos 40 dias. Precisaríamos de suprimentos, talvez um cavalo ou pônei. Sem contar os perigos pela frente. Duendes e Ahós Ahós seriam a menor de nossas preocupações. As terras de Bravaterra guardam criaturas e seres muito mais perigosos que eles.

40 dias! As palavras da menina guerreira foram um soco no estômago de Kaio, fazendo desaparecer o seu sorriso. Precisaria ficar mais de um mês em Bravaterra! E ainda precisaria enfrentar criaturas piores do que os assustadores Ahós Ahós! *O que poderia ser pior que uma ovelha gigante com dentes afiados e pernas de lagarto?* Seus joelhos bambearam e sua cabeça girou. De repente, Kaio não se sentia tão corajoso para ir atrás da feiticeira. Talvez poderia viver em Campanário Tostário, longe dos perigos de Bravaterra. Embora Berto fosse um pouco assustador, ele não tinha dentes afiados.

Como dizia os adultos, Kaio estava em uma sinuca de bico. Se desistisse, precisaria despedir-se de vez da Terra. Se fosse em frente, bem... não tinha certeza que iria conseguir.

Disse, finalmente:

— Eu não tenho escolha. Preciso tentar. Você vai me ajudar?

A menina levantou uma sobrancelha. — Nosso acordo está de pé?

Kaio colocou a mão sobre o celular em seu bolso. — Sim, está. Me leve até a feiticeira e te dou o celular.

Por um momento, Kaio pensou que Yara esboçaria um sorriso, mas rapidamente sua face tomou um ar sombrio e fez sinal de silêncio com uma mão e com a outra apontou para uma sombra se mexendo por baixo da porta.

— Estão nos espionando? — sussurrou Kaio, assustado.

A amazona tomou seu arco sobre a beliche e preparou uma flecha.

— Abra a porta — disse baixinho.

Kaio apontou para si mesmo e moveu a boca sem emitir sons. — Eu?

A garota franziu a testa nervosa e confirmou com a cabeça.

Ele se aproximou lentamente da porta e girou a maçaneta com cuidado, abrindo-a. O espião caiu para dentro do quarto, de rosto no chão. Kaio pulou para trás, surpreso. De todos que esperava encontrar ali, espionando-o, este era o menos provável.

— Luca??

— Oi — falou ruborizado.

— O que você está fazendo aqui? — perguntou Kaio.

— É melhor ter uma boa explicação! — esbravejou Yara.

Luca tentou se recompor ficando de pé. — E-eu só estava vindo checar se estava tudo certo. Se precisavam de alguma coisa.

— Isso não explica você estar encostado na porta — rebateu Kaio.

A garota enrijeceu a corda do arco puxando-a até seu ombro pronta para um disparo. — Desembucha! Por que você estava nos espionando?

— Po-po-porque — respirou fundo, tomando coragem —, POR-QUE EU QUERO IR COM VOCÊS! Eu quero ir atrás da feiticeira e sair de Campanário! Eu sempre quis ver magia de verdade com meus olhos. Eu escutei vocês falando sobre uma viagem e quero participar. E posso ajudar vocês! Na cozinha do Dragão Vermelho, temos suprimento suficiente para uma viagem, além de cavalos e pôneis no estábulo. Me levem junto, por favor! — implorou o menino.

Yara abaixou o arco e Kaio perguntou, preocupado: — Você não tem família aqui? O que os seus pais vão pensar disso? E quanto aquela dívida que você comentou?

Luca abaixou a cabeça e falou baixinho: — O Berto e o Fred são toda família que eu tenho. Nunca conheci meus pais. Os dois duendes me criaram e por causa disso, eu deveria trabalhar para eles até fazer 18 anos. Mas talvez eu consiga negociar isso. Tenho guardado algumas moedas das gorjetas e posso tentar pagar tudo que devo a eles.

Aquela informação foi um choque para Kaio, o deixando atônito. Trabalhar para os duendes era uma coisa, porém viver e crescer com eles era uma história totalmente diferente. Apesar de não ter muitas lembranças de seu pai, teve a felicidade de ser criado pelos cuidados da mãe — às vezes, até demais — sem contar, é claro, sua deliciosa comida. Se estivesse no lugar dele, também estaria doido para fugir do bafo e puxões de orelha de Berto. Por isso, estava disposto a convidá-lo para a aventura. Além do mais, para ele, quanto mais, melhor. Era o que achava, pelo menos, pois não sabia muito sobre viagens a cavalo ou Bravaterra. Na verdade, não sabia absolutamente nada. E se fosse verdade o que Yara tinha dito sobre outros perigos, uma ajudinha a mais não seria nada mal. Por outro lado, não sabia o que Yara pensava de tudo isso e bem sabia que ela era a especialista no assunto. Então lhe pareceu inteligente consultá-la antes de tomar qualquer decisão. Até para evitar outra bronca como mais cedo.

— Ele pode vir com a gente, não pode? Será bom para nós ter mais alguém para ajudar nessa viagem.

— Se ele conseguir animais e suprimentos para nós, será uma grande ajuda, mesmo.

Apesar das palavras práticas, Kaio podia jurar ter visto um olhar comovido em Yara. Aparentemente ela não era tão casca grossa quanto queria aparecer, mas isso ele guardou para si.

De qualquer forma, seu coração bateu mais forte e uma pitada de ansiedade subiu pelo corpo. Agora ele tinha um plano e companheiros de viagem. Seja quais fossem os perigos que precisaria enfrentar pela frente, não estaria sozinho. E se tudo desse certo, logo logo estaria descansando em seu quarto em São Paulo, com sua bola de futebol, com sua mãe e toda essa história de Bravaterra não passaria de um pesadelo esquecido.

CAPÍTULO 7

— O que que tu falou? Tu se demite? Essa foi boa! Ouviu essa, Fred? — caçoou Berto, gargalhando.

— Ele disse que se demite, chefia — reafirmou o duende magrelo, dando risadas. — E acha que essas moedinhas de ouro dão conta da dívida.

Kaio abriu um pequeno fecho da porta que dava pra cozinha da Taverna para ele e Yara conseguirem enxergar o que estava acontecendo, o que, aliás, não ia nada bem.

— Tu se demite? — O duende gordo apoiou as mãos em uma cadeira de madeira próxima a ele tentando conter os grunhidos de porco em meio às suas risadas.

Após terem decidido partir em uma jornada atrás da feiticeira, Kaio e Yara foram esperar por Luca no lado de fora da cozinha no térreo do Dragão Vermelho. O menino de Campanário tentava negociar sua dívida e conseguir os suprimentos para a viagem. Contudo, os dois duendes não pareciam levar muito a sério o pedido de Luca.

— Eu também quero um cavalo e suprimentos para viajar como pagamento pelo meu trabalho — completou Luca.

Fred riu com tanta força que caiu no chão, e sua risada intercalava com tossidas e lágrimas.

— Não quer pedir mais nada? Um cajado mágico? Ouro? Que tal uma carroça para você e seus amiguinhos? — gargalhou Berto.

— É um pedido justo, nunca recebi nada de vocês — reclamou.

De repente, como num passe de mágica, o sorriso de Berto desapareceu e seu rosto tomou um tom sombrio.

— Nunca recebeu nada? — perguntou com ironia. — E que tal um lugar para morar? Comida? Guri ingrato — bufou.

— Nós recebemos e cuidamos de você — argumentou Fred com sua voz aguda recompondo a compostura.

— É cada uma que tenho de ouvir... Se tem tempo para pensar nessas besteiras, tem tempo para trabalhar! — Berto pegou um esfregão encostado na parede e entregou para Luca. — Se vir com esses papos de novo, juro que dobro seu trabalho. Agora, chispa daqui. Tem chão aí precisando ser esfregado. — Se despediu dando um tapa na nuca do menino.

Kaio e Yara, vendo que Luca estava saindo, correram para uma mesa no canto do salão principal a fim de não serem pegos pelos duendes. Em questão de segundos, após Berto e Fred se afastarem para seus afazeres, Luca aproximou-se cabisbaixo e com o esfregão em mãos.

— Não foi bem como eu esperava — reclamou Luca apoiando as costas na parede.

Nem como Kaio imaginava. Por alguma razão, realmente acreditou que eles deixariam que Luca fosse embora livremente. Lembrou de uma vez que os pais de Rafael não deixaram o amigo dormir na sua casa e por causa disso, Kaio fez um belo discurso convencendo-os. Até considerou essa possibilidade, mas sua esperança esvaziou rapidamente ao lembrar do olhar sombrio de Berto. Só lhe restou queixar-se, impotente, por perder um companheiro de viagem antes mesmo de sair de Campanário: — Aqueles malditos não dão uma folga.

— Acho que é isso. Vou ficar preso aqui até a minha vida adulta.

— Não precisa ser assim — contestou Yara para o espanto dos meninos. — Você não deve nada a eles. Eu digo que temos que ir de qualquer jeito. Vamos pegar as coisas na cozinha e no estábulo, e partir.

— Você está falando em *roubar*? — Luca piscou repetidamente sem ter certeza se ela estava falando sério ou não.

— Roubar, não. Você mesmo disse que trabalhou e não recebeu nada em troca. Vamos só pegar o que você tem direito.

— Faz sentido. Ninguém é obrigado a trabalhar de graça — concordou Kaio.

— Eu não sei... Eles não são coldre que se carregue, mas sempre cuidaram de mim.

— Você quer ir ou não? — falou Yara sem paciência. — Eles não vão te deixar ir de boa vontade. Esse é o único jeito.

Luca ficou boquiaberto, sem reação por alguns segundos, até retomar a fala: — E como vocês querem fazer isso? Fred e Berto estão sempre perambulando por aí. Não é como se eu pudesse simplesmente pegar as coisas e ir embora.

— Se vamos fazer isso, precisamos distrair eles.

— Exatamente — concordou Yara. — O que eles costumam fazer?

Luca colocou a mão no queixo, pensativo. — Deixa eu ver... eles comem, bebem, contam dinheiro, reclamam... ah eu sei! O CASSINO! No subsolo nós temos um cassino! Às vezes quando alguém os desafia, eles ficam horas jogando lá embaixo e até me deixam responsável pela cozinha. A única coisa que eles gostam, mais do que dinheiro, é ganhar dinheiro com apostas! Só precisamos de alguém para jogar com eles.

Yara trocou um olhar com Kaio.

— Eu? Você não pode estar falando sério.

— Você sabe cavalgar? — perguntou Yara.

— Não. O que isso tem a ver?

— Veja só — levantou uma mão —, Luca conhece o lugar melhor que nós dois e já vai estar na cozinha. Se ele me falar quais são os cavalos dos duendes, eu posso buscar eles no estábulo. Além do mais, Berto e Fred já não vão com a sua cara. Se você os desafiar, eles não vão conseguir recusar. É perfeito! Enquanto você joga, eu e Luca preparamos os cavalos e os recursos da viagem.

— Isso pode dar certo — disse Luca.

O plano de Yara até fazia sentido. Kaio não teria como aprender a cavalgar em pouco tempo e não conhecia o local como Luca. Só lhe restava providenciar a distração. Contudo, não se sentia lá muito confiante para encarar os dois duendes em jogos de azar, ainda mais sozinho. E se algo desse errado, o que faria? Não teria ninguém para ajudá-lo.

Engoliu em seco e viu os companheiros na expectativa da resposta. Percebeu que eles também estavam se arriscando para fazer sua parte. Qualquer um deles poderia ser pego ou enfrentar outro tipo de problema. *Somos uma equipe agora e não posso ser o único a andar para trás*, refletiu decidido.

— Tem um único problema — apontou Kaio —, eu não conheço nenhum jogo daqui! Como vou jogar contra eles?

— Eu posso ensinar algumas coisas até a noite quando abrem o cassino — comentou Luca.

— Parece que temos um plano. — Sorriu Yara.

— Ah, não — murmurou Kaio colocando a cabeça sobre a mesa.

— O que foi? Qual o problema?

— Eu vou precisar passar a noite com o bafo do Berto.

CAPÍTULO 8

Entrar no cassino do subsolo não foi um problema, apesar dos olhares mal-encarados dos adultos, especialmente do segurança na porta de entrada — um duende amedrontador de queixo quadrado e braços fortes. Embora tenha assustado um pouco Kaio, não barrou sua entrada. *Provavelmente, quanto mais dinheiro entrar nos jogos, melhor para todos,* concluiu.

Nervoso, tateou as moedas em seu bolso: cinco de bronze, duas de prata e uma de ouro. O plano era simples: enrolar, o máximo que conseguisse, Berto e Fred. Entretanto, não se sentia muito confortável em usar o dinheiro suado de Luca e Yara. Sabia como batalharam para juntar aquelas moedas e não queria perdê-las. Aliás, nada nesse plano o deixava confortável. Apostar, enganar e roubar parecia uma ideia arriscada demais. Não gostava nem de pensar no que aconteceria se os duendes descobrissem.

O subsolo da taverna era iluminado por algumas lamparinas estranhas em formatos de bola de cores quente. Examinou de longe na tentativa de encontrar sua fonte de energia sem sucesso. Não estavam conectadas a nenhum cabo de energia ou chamas, elas simplesmente brilhavam. Não sabia dizer se era uma tecnologia muito avançada ou magia, mas provavelmente a segunda hipótese. As paredes eram de pedras nuas e o chão coberto por um carpete vermelho. O chamado cassino do Dragão Vermelho, apesar de cheio, tinha apenas três mesas e em cada uma delas parecia envolver um jogo diferente. Só teve tempo de aprender um deles e foi diretamente na mesa de Tombo, o jogo favorito de Berto.

— Posso jogar com vocês?

— Ora, ora, se não é o guri estranho. Não sabia que tu tinha dinheiro para perder! — zombou Fred com sua voz aguda.

— Meu nome é Kaio, não guri estranho. E eu não sabia que você tinha inteligência para jogar — provocou de volta. Não teve sinais de Berto, então instigar Fred a chamar seu parceiro de negócios pareceu-lhe uma boa estratégia.

Fred esboçou uma careta. Além do duende, havia outras três pessoas na mesa para jogar, que se apresentaram um a um.

— Esse é dos meus! — disse uma duende de tranças rosas rindo do deboche de Kaio. — Meu nome é Beth.

— Sou Zeferino — falou um homem de macacão e chapéu de palha. Provavelmente, um fazendeiro.

— Salam, a seu dispor — disse por último um homem careca, de braços fortes e uma cicatriz na testa. O tipo de pessoa com quem Kaio não gostaria de arranjar problemas. — Vamos logo com isso. Dê as cartas.

Fred distribuiu as cartas para os jogadores e eles colocaram em suas testas de tal forma que conseguiam ver o número das cartas uns dos outros, com exceção da sua própria. Depois de distribuídas, Fred virou uma carta no centro da mesa. Não era muito difícil jogar Tombo; era muito semelhante com o tradicional truco conhecido por Kaio, no qual aprendeu a jogar com seus avós, ou seja, a carta mais forte da rodada seria sempre o número seguinte na sequência da carta virada no centro da mesa. Talvez o grande diferencial de Tombo era que se jogava sozinho e não em duplas. O baralho, apesar de esteticamente diferente do tradicional, seguia a mesma sequência lógica que Kaio estava acostumado. O objetivo do jogo era basicamente acertar se você tinha a carta mais forte e quantas vezes você conseguiria.

O duende magricelo analisou as cartas e colocou uma moeda de bronze na mesa: — Não é minha, não.

Beth, de cabelo rosa, e Salam, da cicatriz, seguiram a mesma jogada. O fazendeiro arriscou dizendo que a sua era a mais forte. Kaio era o último na rodada. Colocou um bronze na mesa com dor no coração e analisou as cartas ao redor. Viu um 5 na mesa, portanto a mais forte no jogo seria uma carta com o número 6. Ninguém tinha uma dessas na testa. Pensou que poderia ser a sua carta, mas não levou adiante esse pensamento. Se realmente tivesse, o fazendeiro não arriscaria dizendo que teria a mais forte.

— Eu também não — resolveu.

Ao virar sua carta, soltou um suspiro de alívio quando percebeu que acertou na sua decisão.

— Droga! — pestanejou Beth, a única garota no jogo, ao ver que a sua era a mais forte.

Tanto ela quanto o fazendeiro perderam suas moedas por errarem suas previsões.

— O pirralho manteve seu dinheiro — insinuou Fred com uma careta, distribuindo novamente o baralho. Na segunda rodada, cada jogador recebia duas cartas e dessa vez poderiam ver o que tinham em mãos.

— Fred boboca, cara de minhoca. O pirralho vai pegar todas suas moedas — retrucou Kaio.

Os outros jogadores caíram na risada com a zombaria de Kaio. Fred, por outro lado, levantou-se irado. — Você que é boboca!

— Só joga, cara de minhoca — apressou Beth.

— Eu não tenho cara de minhoca — rosnou virando um 2 no centro.

Kaio examinou cuidadosamente as peças em suas mãos e arriscou sua jogada: — Eu venço uma.

Fred levantou uma sobrancelha. — Eu faço uma.

Para a infelicidade dos dois, na primeira rodada, a carta vencedora foi a de Salam.

Se eu não fizer agora, vou perder o dinheiro de Luca e Yara, pensou preocupado.

Os outros três jogadores colocaram suas cartas na mesa. Kaio segurou um sorriso ao perceber que tinha uma carta maior que a deles. Contudo, Fred era o último a jogar na rodada, surgindo uma tensão entre os dois.

Kaio optou por fazer uma jogada arriscada e gritou: — Tombo! — E aumentou o valor da aposta com sua única moeda de ouro. Uma jogada arriscada.

— Tu não pode tá falando sério! Uma moeda de ouro? Tu sabes quanto vale? Nós acabamos de começar — queixou-se Fred, borbulhando.

— Ele está no direito — comentou o homem de cicatriz.

— Está com medo? Vai cair ou não? — Sorriu Kaio.

Se Fred caísse, precisaria colocar uma moeda de ouro também e quem tivesse a maior carta levaria o dinheiro do outro. Se ele saísse, Kaio ficaria com a moeda de bronze do duende que já estava na mesa.

— Fred não tem medo de nada. Pode vir, pirralho! Não vou cair no seu blefe.

Kaio e Fred viraram juntos suas cartas na mesa. Um 3 e uma dama, respectivamente, consagrando Kaio vitorioso enquanto levantava os braços e o duende escondia o rosto com suas mãos.

— É assim que tu quer jogar, pirralho?

— O choro é livre.

— O choro é livre? Que diabo de expressão é essa? — falou furiosamente subindo as escadas. Poucos segundos depois, escutou os ruídos dos degraus de madeira e Berto surgiu junto com Fred e um saco de moedas tilintando em suas mãos verdes.

Deu certo! Agora é só segurar Berto e Fred por aqui e esperar Luca e Yara fazerem suas partes.

— Tu de novo enchendo nossa paciência, pirralho! — falou Berto acendendo um charuto. — Se tu quer jogar como adulto, é bom tá preparado. — Estreitou os olhos. — Daqui pra frente, tu não vai ter moleza. A aposta mínima será de uma moeda de ouro.

— Como quiser — respondeu o homem de cicatriz jogando uma moeda de ouro na mesa.

— Quem é o boboca agora? — debochou Fred.

Kaio engoliu em seco quando ouviu qual seria a aposta mínima.

— Estou fora — falou o fazendeiro, levantando-se.

— Uma moeda de ouro? Sem jeito. Vou chispar daqui — disse Beth, aproveitando a deixa.

— Tu vai jogar ou não? — baforou Berto no rosto de Kaio, apressando-o.

A noite tomou uma proporção muito mais crítica do que esperava. Ter como base na mesa uma moeda de ouro era totalmente diferente do que usá-la como estratégia de blefe. Apesar de não saber exatamente quanto valia, sabia que as moedas de ouro eram raras e não queria perder o dinheiro dos amigos. Mas Berto havia acabado de descer e precisava de mais tempo. Não podia simplesmente desistir sem causar suspeita. Além do mais, não podia negar a sensação boa em pegar a moeda do adversário. Se conseguisse voltar com mais dinheiro do que tinha entrado, talvez impressionaria Yara e Luca, especialmente Yara, que até então o tratava como uma criança para seu incômodo. De qualquer forma, precisava segurar os dois duendes por mais algum tempo.

Kaio lançou uma moeda de ouro na mesa.

— Ótimo — afirmou Berto dando três cartas para cada jogador e virando um rei na mesa.

A partir desse momento, a tensão no ar tomou outras proporções. Berto distribuiu três cartas para cada jogador em silêncio. A fumaça do seu fumo dava sinais de que ganharia vida própria, arrepiando Kaio. Até as paredes de pedra pareciam aproximar-se diminuindo o ritmo da sua respiração.

— Não faço nenhuma — falou Kaio. Os dois duendes seguiram sua jogada.

— Faço duas — afirmou o homem de cicatriz.

Os dois primeiros turnos não tiveram muita surpresa. Salam cumpriu com o que prometeu e venceu com duas cartas. Porém, o terceiro turno seria decisivo. Quem tivesse a maior carta, perderia um ouro.

Salam puxou o último turno com um valete. Berto tragou seu charuto e desafiou Kaio com seu sorriso dourado: — Tombo, criança. Eu só desço por mais uma moeda.

Kaio sorriu confiante, tinha um 5 em mãos. Uma das menores cartas do jogo. E definitivamente, menor que um valete. Mesmo se Berto ou Fred tivessem uma carta inferior, Salam ainda teria uma maior.

— Pode descer.

Seu sorriso deu lugar a uma expressão boquiaberta e podia jurar que seu coração havia parado por um segundo ao ver que tanto Fred quanto Berto viraram valetes. Cartas iguais se anulavam, consequentemente, a sua era a única que ficou no jogo e, portanto, a maior.

Kaio perdeu todo o dinheiro.

— Isso não está certo! — reclamou sem saber o que dizer.

— Tu conhece as regras. Sabe que cartas iguais se anulam.

— A criança vai chorar? — zombou Fred imitando alguém esperneando. — O choro é livre!

Kaio sentiu um rubor de cólera subindo pelo corpo diante da provocação do duende. Não gostava que o tratassem como idiota e não queria deixar por isso. Uma parte de si queria continuar jogando apenas para tirar aquele sorriso do rosto de Fred. Sem contar o dinheiro de seus companheiros. O que eles pensariam dele, se Kaio perdesse justamente sua moeda de ouro? Olhou ao redor e não viu sinal de Yara e Luca. Provavelmente não tinha dado tempo suficiente para eles concluírem suas partes na missão. Era o que precisava. Um pouco mais de tempo para derrotar seus adversários.

Jogou todas suas moedas na mesa, incitado por uma mistura de frenesi e senso de responsabilidade e torceu para os duendes aceitarem outra rodada.

Porém, nem sequer foi necessário. Pois, o segurança do cassino apareceu arrastando Luca pelo chão, pálido como alguém que vê um fantasma. O menino tinha sido descoberto.

— Encontrei o garoto furtando a despensa! — disse o segurança, jogando Luca e uma sacola cheia de comida no chão, sem o menor sinal de gentileza.

A cor havia lhe fugido do rosto após a surpresa ao ser descoberto e, de joelhos no chão, Luca parecia um cachorro com o rabo entre as pernas após uma bronca. Trocou um olhar rápido com Kaio, boquiaberto e paralisado com a situação.

— O que foi? E essa cara de peixe fora d'água? Tu achou mesmo que eu deixaria você andar livremente por aí sem ser vigiado depois daquele papo de "demissão" e "acerto da dívida"? — zombou Berto apagando seu charuto na mesa. — O que que tu acha que deveríamos fazer com ele, Fred?

— Esse patife! — acusou Fred. — Que tal fazer ele esfregar o chão todo umas 15 vezes?

— Ou poderíamos cortar um dedo para ele nunca mais fazer isso — retrucou Berto com um tom sombrio.

— Oh, sim! Nós devíamos cortar seus dedinhos para ele nunca mais roubar.

A expressão de Luca passou de assustado para puro terror quando Fred sacou uma faca do bolso e alargou um sorriso. De alguma forma, palavras formaram-se na boca de Kaio, sem ele saber explicar de onde veio: — Espera! Não faça isso.

— Tu de novo? — bufou Berto. — Quer entrar na fila? Podemos cuidar de você também.

— Oh, sim! Podemos. Fred adoraria. — Brilhou os olhos do duende.

Kaio engoliu em seco e olhou ao redor, tentando encontrar algo que os tirasse daquela situação. Não conseguia acreditar no que estava ouvindo. Eles realmente teriam coragem de fazer isso? Não existiam leis ou coisas do tipo? E se eles descobrissem que ele também estava envolvido nesse estratagema? O que fariam consigo?

Um suor frio escorreu pela testa. Seus olhos foram das escadas para os duendes, pularam para as cartas na mesa e de volta para os duendes. Teve uma ideia! Não era umas das melhores, mas poderia funcionar.

— Não façam isso. Vocês vão se arrepender se forem apressados — falou confiante.

— E por que não deveríamos? — respondeu Berto com arrogância.

— Porque eu tenho uma proposta para vocês. — Esperou para ver como reagiriam. Ao perceber que cativou a atenção deles, voltou a falar: — Uma aposta para ser mais específico. Outra partida de Tombo. Se eu ganhar, vocês libertam ele. Para sempre.

Berto franziu a testa e acendeu mais um charuto. — E se nós ganharmos?

— Eu trabalho para vocês por um mês.

— Nós bem que precisamos de uma mãozinha extra — argumentou Fred.

— Tsc... Um mês por uma vida de trabalho não é uma troca justa.

Se está na chuva, é para se molhar. Não podia recuar agora. Precisava libertar Luca para prosseguirem com o plano. Sentiu falta de quando a maior dor de cabeça da sua vida era resolver exercícios de matemática. Falou sem acreditar no que estava dizendo: — Um ano.

Berto cuspiu na palma da sua mão verde e a estendeu com um sorriso. — Temos um acordo?

— Ainda não — falou Kaio testando a paciência do duende gordo.
— Você e Fred estão jogando juntos. Dois contra um não é justo.

Berto pareceu soltar qualquer xingamento em sua língua e tornou a sorrir. Kaio não tinha dúvidas que o sorriso era tão falso quanto seus dentes de ouro.

— E quem mais jogaria?

— Eu posso jogar! — interveio Luca com olhar ainda assustado.

— Tsc. Você tem mais chances jogando sozinho. Faça o que quiser.

Kaio se manteve firme e com um aperto de mão, selaram a aposta.

— Espero que vocês não se importem se eu acompanhar o jogo? — manifestou-se Salam, o homem de cicatriz, que até então assistia à discussão, impassível.

Apesar de não entender o interesse repentino, Kaio não viu nenhum problema e não se contrapôs. Berto pareceu um pouco incomodado a ponto de queixar-se, mas acabou apenas dizendo "faça o que quiser".

O clima no subterrâneo da taverna estava tão tenso quanto uma corda esticada prestes a arrebentar. Fred distribuiu as cartas, três para cada. Luca e Kaio precisavam, juntos, acertar mais resultados do que os duendes. O duende virou um 6 na mesa. Kaio olhou rapidamente para sua mão e viu um 7, um 4 e uma dama. No mínimo, faria uma e foi essa sua jogada. Tentou trocar um olhar com Luca na esperança de receber algum sinal, mas se o menino sinalizou, foi diferente dos sinais que estava acostumado. Luca também disse que faria uma. Os dois duendes optaram por não fazerem. Eram três turnos e apenas duas previsões de vitória. Alguém faria quando não devia. Seria um jogo de segurar o menor valor.

Kaio, que era o primeiro da rodada, optou por já garantir a sua e não escondeu o 7. Na segunda rodada, descartou sua dama contra o valete vencedor de Luca, garantindo a sua parte e levando toda a tensão para a última rodada. Quem tivesse a carta mais alta, perderia. Luca começou a última rodada com um 9. Uma carta relativamente alta e perigosa, se não fosse o praguejo de Fred ao jogar um rei. Kaio sentiu um alívio nos ombros e lançou seu 2, uma das menores cartas do baralho. Estava pronto para comemorar a vitória se não fosse o frio cortante do falar de Berto: — Tombo.

Arregalou os olhos, atordoado. Como aumentaria essa aposta?

Berto pareceu decifrar sua dúvida e voltou a falar:

— Se tu desistir agora — disse pausadamente —, diminuo sua dívida de um ano para seis meses. — Tragou seu charuto com calma, como quem sabe que o silêncio torna seus adversários mais ansiosos.

— Se você descer e vencer, não apenas deixo o garoto ir embora, como dou tudo que vocês considerarem necessário para partir. — Sorriu dando mais alguns segundos intermináveis de silêncio. — Se eu vencer, por outro lado, você trabalhará aqui pelos próximos dez anos.

Dez anos!, repetiu consigo mesmo. Isso era quase o mesmo tempo que tinha de vida. Como Kaio apostaria dez anos de suas vidas? Apenas considerar a ideia de crescer em Campanário, perto do bafo e maltratos dos duendes, fez-lhe perder o calor do corpo.

Deu uma olhadela para o parceiro e viu-o na mesma preocupação. Por outro lado, se desistisse agora, entregaria seis meses de sua vida. *Seis meses*. Olhou para a mesa e viu que a carta de Fred era a maior virada. Será que tudo não passava de um blefe? Uma tentativa de garantir meio pão.

As probabilidades estavam do seu lado. Não lhe parecia muito para falar a verdade, mas era o que tinha. Agora entendia porque sua mãe nunca aprovou jogos de azar.

— Desce — declarou Kaio, com mais firmeza na voz do que realmente tinha.

Os olhos do duende brilharam e mostrou todos seus dentes com uma risada sinistra. Kaio quase caiu da cadeira, incrédulo, e percebeu por que o nome do jogo era Tombo. Berto lançou seu rei à mesa, anulando a carta de Fred. Os duendes venceram.

— As criancinhas perderam! Vão chorar? — zombou Fred derramando uma bebida no chão. — Ops! Pode começar seu trabalho! Luca pode te mostrar onde fica o esfregão.

— O q-que nós vamos fazer? — sussurrou Luca.

Aquele era o fim. Estavam perdidos. Kaio olhou para a porta na esperança de correr e fugir. Sabia ser rápido. Na escola, sempre diziam que era um dos mais rápidos na sala. Provavelmente Yara já estava os esperando. Não podia ficar dez anos naquele lugar. Precisava apenas de uma distração final...

— Não tão rápido — falou Salam levantando uma sobrancelha inquisitiva.

Kaio congelou. Teria ele descoberto sua intenção? Quando voltou seus olhos para o homem alto, percebeu que não era consigo que ele estava falando e sim, com Berto.

— O que foi? — questionou o duende deixando saltar uma veia de irritação na testa.

— Me deixa ver sua manga — respondeu o homem com um tom de voz que não admitia ser contrariado.

Pela expressão pasma de Berto, se não fosse a pele verde-musgo dele, Kaio podia jurar que ele perderia a cor em frente ao pedido inusitado de Salam. Fred não dissimulou tão bem quanto o parceiro e levantou não apenas a voz como um dedo na direção do homem, como se sua insinuação fosse uma verdadeira ofensa. Não demorou para Kaio entender o que estava acontecendo. É claro que o homem estava acusando os dois duendes de roubarem. E assim, uma discussão se iniciou. Kaio sorriu ao ver que sua sorte estava voltando, era exatamente a oportunidade que buscava. Não se importava se eles estavam roubando ou não, apenas precisavam sair dali o mais rápido possível. Trocou um olhar rápido com Luca e acenou com a cabeça em direção à porta.

Com passos discretos, tentou se afastar da mesa enquanto a discussão entre os dois duendes e Salam se acalorava. Aparentemente, acusar alguém de trapacear era uma coisa muito séria em Bravaterra. Deu uma última olhadela para trás e partiu numa corrida em direção a escada. Não conseguiu avançar muito. Sua investida foi logo interrompida ao esbarrar em algum outro jogador o empurrando acidentalmente em cima de uma das mesas de aposta. O barulho das moedas caindo no chão e os gritos de fúria dos apostadores lutando para catar o dinheiro foi mais do que suficiente para chamar a atenção que não desejava.

— Alguém pare essas crianças! — gritou Berto.

O duende gordo tentou disparar, mas foi puxado pelo braço por Salam, rasgando sua manga e fazendo voar um número considerável de cartas pelo recinto. Não havia dúvida: o duende estava trapaceando para anular as cartas de Fred. E por falar no outro duende, ele acelerou o passo atrás dos garotos com um olhar de fúria. Kaio levantou-se com dificuldade para correr quando viu as mãos verdes perto de si até que uma flecha fincou-se entre eles, obrigando Fred a pular para trás e cair no chão assustado.

— Vamos logo! O que vocês estão esperando? — gritou Yara do topo da escada.

— Uau! Ótimo tiro! — elogiou Luca pegando a sacola no chão.

— Eu vou pegar vocês! — Berto gritou com sua voz rouca enquanto alguém pulava sobre ele. Tanto ele quanto Fred pareciam bem ocupados com os furiosos jogadores nada felizes por saber que foram tapeados pelos dois duendes esse tempo todo.

Em poucos segundos, Kaio se viu fora do Dragão Vermelho, debaixo de uma noite que começava a surgir bem iluminada. Um cavalo e um pônei os esperavam.

— O que foi aquilo?! Pelos reis! Berto e Fred vão me matar! — disse Luca, exasperado.

— Acho que você não precisa mais se preocupar com eles. Nós

conseguimos, não conseguimos? Além do mais, se eles trapacearam, significa que ganhamos o jogo e a aposta de forma limpa. Você está livre. — Kaio sorriu contente ao perceber que não precisou roubar nada.

— A-acho que você tem razão — respondeu Luca, esboçando um meio sorriso. — Pena que perdi minha moeda de ouro nessa confusão... foram muitas gorjetas para juntá-la.

— Essa aqui? — respondeu Kaio com um sorriso no rosto. — Consegui recuperá-la no meio do caos.

— Pelos reis! Ainda bem! Eu não tenho como te agradecer!

— E nem é hora disso. Ainda não terminamos — cortou Yara, montando o cavalo. — Precisamos sair daqui antes que eles mudem de ideia. Causamos uma grande confusão. E eu não quero estar aqui quando as coisas se acalmarem.

Nem mesmo o falar frio de Yara diminuiu a alegria de Kaio. Finalmente conseguiriam dar o primeiro passo atrás da feiticeira e quem sabe, voltar para casa. As estrelas pareciam sorrir para ele e ele para elas.

— Muito menos eu! — finalmente respondeu, aprontando-se para partir para mais uma etapa da aventura.

CAPÍTULO 9

Fazia duas semanas que Kaio, Yara e Luca desciam as estradas da colina. Os primeiros dias foram um tanto quanto difíceis para Kaio, acostumado a viajar somente de carro. Por vezes, incomodava-se com os insetos que zumbiam e provavam de seu sangue; depois, reclamava das costas doloridas de cavalgar e a ansiedade para voltar para casa apenas crescia. Aliás, cavalgar era um grande empecilho, pois não era permitido montar o animal sozinho depois de um certo incidente. Ao tentar aprender cavalgar as coisas acabaram saindo um pouco do controle e Kaio perdeu a direção do cavalo que correu em disparada, o derrubando e arrastando as sacolas de viagem. Ganhou uns arranhões nessa brincadeira, mas o que doeu mesmo foi o ego ferido. Um verdadeiro estardalhaço, sem contar que foi a primeira vez que viu Yara espumando de raiva, enquanto Luca ria da sua cara. Claro que acreditava merecer outra chance, mas desde então, não teve outra oportunidade. Geralmente dividia a sela com a amazona, enquanto Luca montava o pônei.

Nem só de problemas e desconfortos era a jornada. Teve bons momentos de risadas com Luca, que como veio a descobrir, era um excelente piadista. Yara parecia não compartilhar do mesmo senso de humor. A amazona geralmente permanecia séria e não desviava o olhar de sua frente enquanto guiava o caminho. Às vezes, Kaio até captava o que parecia o começo de um sorriso, mas logo ela fechava a cara. Talvez por ser a única garota no grupo, ela não gostava de baixar a guarda, presumiu.

Acampar sob as estrelas era outra das coisas que aprendia a apreciar. As noites de Bravaterra eram deslumbrantes. O céu era como um emaranhado de luzes presas numa gigantesca rede. Disputava sua atenção apenas com a beleza da vegetação colorida. Conforme desciam o vale e adentravam o bosque, o verde claro da colina perdia espaço para o verde escuro das árvores de araucária e carvalhos. Uma pintura de diversas tonalidades. Por causa das grandes árvores, a estrada foi ficando mais apertada, obrigando-os a descer dos animais e conduzi-los à mão. Uma oportunidade de eles descansarem também, ressaltou Yara.

— Nós vamos escalar elas? — perguntou Kaio, apontando para as montanhas pontiagudas no horizonte. Não conseguiu evitar o assombro com o tamanho delas. Apesar de ainda muito longe, pareciam ser capazes de tocar o céu. Sentiu-se um pouco envergonhado ao lembrar que ficou boquiaberto com o tamanho do seu prédio em São Paulo.

Yara deu um sorriso zombeteiro, atarantada com a ideia de escalar aquelas montanhas. — Não, claro que não. Elas formam a Serra Tempestuosa. Nós vamos dar a volta. A trilha deve ser estreita e escorregadia naquelas rochas. Os animais não conseguiriam nos acompanhar. É perigoso demais tentar escalá-la.

— Pelo menos o Kaio não precisaria mais se preocupar em tentar montar no cavalo — caçoou Luca do amigo.

— Se vocês me deixassem — cruzou os braços —, eu acabaria aprendendo.

— Nós vimos o que aconteceu da última vez — rebateu Yara.

— Duvido que vocês aprenderam andar de bicicleta na primeira tentativa.

Os dois trocaram um olhar que Kaio logo entendeu que não sabiam do que ele estava falando.

— Vocês não têm bicicletas aqui?

Luca balançou a cabeça em negativa.

— Bom, se tivessem, eu também não ensinaria vocês a andarem — declarou com o pouco de orgulho que ainda lhe restava.

Orgulho que não durou muito, já que nos passos seguintes, tropeçou e caiu de rosto no chão. Pensando ser uma raiz fora de lugar, olhou para trás buscando encontrar o que tinha acontecido e percebeu que se travava de um buraco no meio da trilha. *Está aí algo que também tem no Brasil.* O buraco era grande o suficiente para caber uns 15 pés seus. Então percebeu que o buraco tinha um formato estranho. Parecia uma sola e quatro extensões. Foi quando se tocou: *Não é um buraco, é uma pegada.*

— Está quase anoitecendo, vamos andando! — chamou Yara.

— Que tipo de animal deixa uma pegada dessas? — perguntou apontando para o buraco atordoado.

O olhar assombrado de Luca foi o suficiente para confirmar suas suspeitas.

— Pelos reis! É uma pegada de ogro!

— Ou gigantes — observou Yara. — Que estranho, não deveria haver gigantes nesta região. Não tão no sopé da montanha.

— Gigantes? — repetiu Luca com um soluço.

— O que você quer dizer com *gigantes*?

— Gigantes são criaturas enormes que comem crianças — esclareceu Luca.

Kaio, incrédulo, deu uma risadinha, pensando ser uma piada do amigo ao lembrar de algumas cantigas que ouvia em rodas na fogueira, mas logo desfez a risada ao ver que Luca estremeceu.

— Vocês estão falando sério? Existem gigantes que comem crianças?

— Não. Pelo menos, não deveria existir nesta região. Talvez essa pegada não seja nada. Quem sabe de algum animal?

Luca abriu os braços sem saber como se expressar.

— Algum animal? Que tipo de animal teria uma pata desse tamanho em um bosque?

— Um urso? — sugeriu Kaio.

Yara voltou seus olhos à pegada, analisando-a atentamente.

— Pode ser apenas um urso — declarou baixinho.

Algo na voz dela não passou muita confiança para Kaio.

— Pelos reis! O que é pior, um urso ou um gigante? — falou Luca com a voz tremida.

Kaio estava pronto para respondê-lo quando sentiu uma gota de água molhar seu nariz. Começara a chover. Olhou para o céu e avistou uma enxurrada de nuvens cinzas se aproximando rapidamente. *Vai ser uma tempestade daquelas!* Como tudo naquele mundo, imaginou que a chuva forte seria um problema. O chão de terra logo se transformou em lama. O cavalo e o pônei também sentiam isso com bufadas descontentes. Precisavam encontrar um abrigo para passar a noite.

— O que vamos fazer?

Yara olhou para o céu e depois voltou seus olhos para a pegada e a trilha.

— Vamos em frente.

Não conseguiram avançar muito antes da chuva engrossar e encharcá-los. Kaio avistou uma fissura entre duas pedras grandes, o suficiente para se esconderem, não muito longe de onde estavam. Luca ergueu as sobrancelhas satisfeito, mas Yara enrugou o nariz, desconfiada. Ele não entendeu o porquê da hesitação dela. De qualquer forma, após um relâmpago que assustou a todos, especialmente os animais, correram sem pensar duas vezes em direção às pedras.

A fissura entre as pedras era grande o suficiente para atravessarem sem maiores dificuldades. O único desafio foi ensinar o cavalo a agachar-se para atravessá-la. Em meio à tempestade, Yara precisou falar algumas palavras no ouvido dele para acalmá-lo e obedecê-la, e depois de alguma insistência, ele a seguiu entre as rochas. O pônei, obviamente, não teve maiores problemas. Para a surpresa deles, a fissura revelou um espaço muito mais amplo do que eles esperavam. Na verdade, como descobriram, aquela era a entrada de uma caverna.

Não sabiam dizer qual o tamanho dela por causa da escuridão, conseguiam enxergar apenas um denso negrume do fundo da gruta. Poderia descer pelo subterrâneo por muitos quilômetros ou nem sequer ter 15 metros entre eles e a parede. De qualquer forma, parecia o ideal para os três e os quadrúpedes, malcheirosos da pelagem molhada, se protegerem da chuvarada.

Yara, depois de muitas tentativas, conseguiu acender uma fogueira usando duas pedras e alguns gravetos de árvores. Kaio desejou ter um isqueiro por perto para ajudá-la. Quando explicou o que era isqueiro para os dois companheiros, ambos arregalaram os olhos, atônitos com a descrição do objeto ou "magia de fogo do povo paranaense", como Yara falou.

Mais do que o isqueiro, Kaio sonhava com o arroz e feijão de sua mãe. Fazia dias que comia ensopados de coelhos e esquilos com batata. Não que a comida de Luca fosse ruim, ele sabia usar muito bem algumas ervas para temperar as refeições e se orgulhava disso. Mas não havia nada como a comida da mamãe.

A chuva não cessou e o céu escureceu sombrio. As nuvens esconderam as estrelas. Não tinham mais o que fazer, além de se juntarem ao lado da fogueira buscando o calor das chamas para secar suas roupas.

— Como é seu mundo? — perguntou Luca pregando as costas na parede, se aconchegando.

— Meu mundo? — Kaio piscou, espantado. — Acho que barulhento. Aqui parece sempre estar em silêncio. — Parou para ouvir o crepitar da fogueira. — É possível escutar até as borboletas voando. No Brasil tudo é barulhento, as pessoas conversando alto, os carros correndo, os vendedores anunciando coisas.

— Carros? — perguntou Yara se juntando à conversa.

— Sim, carros. Como posso explicar? — Fez um gesto no ar tentando encontrar as palavras. — São carroças de ferro que andam sem cavalo.

Se a menina ficou espantada, não deu nenhuma pista.

Kaio sentiu seu coração se aquecer ao falar de casa e se pegou sorrindo sem perceber.

— E você, Yara? Como é a tribo das Amazonas? — decidiu perguntar.

— Nós vivemos na floresta Nhamundá no Oeste. Somos uma tribo de mulheres guerreiras.

— Certo... mas como é a vida em Nhamundá?

O silêncio perdurou por alguns segundos até que ela resolveu falar:

— É um lugar bonito. — Por um minuto, Kaio pensou que ela não diria mais nada, então sua voz voltou a ressoar pela caverna. — Na primavera, as flores surgem coloridas. No verão, faz tanto calor que passamos os dias no rio. No inverno, temos o torneio das amazonas. Minha mãe é uma das maiores vencedoras do torneio!

Foi a primeira vez que os meninos a ouviram entusiasmada e falando de coisas pessoais.

— Como ela é? — perguntou Luca. — Digo, sua mãe?

— Forte, corajosa, excelente atiradora! — Sua voz foi perdendo força. — Bonita.

— Parece ser uma pessoa incrível.

— Ela é — respondeu desviando o olhar do fogo.

Kaio jogou um graveto na fogueira e observou as brasas se levantarem.

— Quanto tempo você não a vê?

— Quase dois anos. Desde que me tornei uma Aurimim e deixei Nhamundá.

— Você deve sentir falta dela. Eu sinto da minha... — comentou Kaio, imaginando quão difícil seria ficar longe de sua mãezinha por dois anos.

Depois disso, nenhuma outra palavra foi trocada e Kaio foi dormir com muitas lembranças na cabeça. Yara também se recolheu. Enquanto isso, Luca ficou com a primeira vigília. Kaio apagou logo e sonhou com sua bicicleta e com sua casa em Jesuítas. No sonho, procurava a mãe pela cidade e quando finalmente a encontrou, foi despertado com as cutucadas de Luca, era sua vez.

Aos poucos se acostumava com os turnos no decorrer das noites daquela extensa viagem. Era um pouco incômodo as interrupções durante o sono, mas as noites eram mais longas. Provavelmente porque não tinha muita coisa para fazer durante elas.

Pegou o celular do bolso e o ligou iluminando rapidamente a caverna. Kaio tinha decidido manter o celular desligado ao longo do dia como forma de economizar a bateria dele. Não sabia quanto tempo ficaria em Bravaterra e precisava ser esperto no seu uso. O aparelho era a única ferramenta que tinha da Terra e que o diferenciava dos demais. Não tinha conhecimento dos tipos de perigo que enfrentaria e mesmo que o celular parecesse meio inútil sem internet, ainda tinha alguns truques importantes como a câmera e a lanterna. Qualquer vantagem, menor que fosse, era bem-vinda.

Checou novamente se havia sinal, apesar de não ter muitas esperanças; às vezes fazia de forma quase automática e mais uma vez não encontrou nada. Aproveitou também e observou que ainda tinha 55% de bateria. Se continuasse racionando a bateria assim, talvez duraria mais algumas semanas antes dela morrer por fim.

Não queria nem pensar no que Yara diria se ele entregasse algo que não funcionasse. Precisava fazer aquela bateria durar.

Enquanto se concentrava na tela do aparelho, escutou um som vindo dos túneis da caverna. Um simples *dum dum* zunindo pelas paredes, como um leve ressoar de um tambor. Seu corpo eriçou assustado. Lembrou da pegada e das menções à ogros e gigantes que comiam crianças, e seu estômago deu um nó. Então, silêncio.

Seus olhos buscaram Yara e a encontrou aconchegada num canto. Se levantou para acordá-la e congelou. Lembrou-se de tê-la despertado duas noites antes por causa do farfalhar de um arbusto próximo e ficou envergonhado ao descobrirem se tratar de um filhote de gato selvagem. Não queria passar por aquele embaraço de novo.

Balançou seu celular ligando a lanterna e decidiu averiguar por si o que estava acontecendo. Até onde sabia, podia não passar de outro pequeno animal perdido na caverna.

Mergulhou no negrume do lugar com a lanterna em mãos e desceu um dos túneis de pedra. Aos poucos, a fogueira na entrada desapareceu e o som voltou a tinir com mais força. Seu coração apertou e moveu as pernas adentrando uma câmara de pedra. Viu um coelho correndo pela caverna e finalmente soltou a respiração, aliviado, sem perceber que a estava segurando até agora.

Então um lampejo tocou-lhe a mente, voltando a assustá-lo. A luz da lanterna não era mais necessária, a gruta estava iluminada por uma enorme fogueira. Pensou em correr, mas era tarde demais. Foi levantado no ar por enormes mãos.

Um gigante.

Kaio foi erguido pelas mãos do gigante. Elas eram grandes e redondas, assim como a enorme criatura na sua frente. De pele cinza escura — quase preta —, careca e rosto amassado, ele tinha um único olho amarelo e de íris vermelhas; seu corpo era colossal, talvez três ou quatro vezes maior que Kaio, e coberto apenas por uma tanga cor de terra.

— Uma criança! Gorjala gosta de comer crianças — disse a criatura, trazendo Kaio para perto de si e o fazendo tremer.

Diante dos dentes afiados e da boca aberta do gigante, Kaio fez o que qualquer outra criança — ou adulto, verdade seja dita — faria nessa situação: gritou. Aquilo só pareceu divertir o gigante, que caiu na risada; e considerando a enorme quantidade saliva que escorria pela boca da criatura, pareceu servir para atiçar a fome dele também.

— Grita mais! Grita mais! — falou com a voz tão forte que Kaio podia jurar que as paredes desmoronariam.

— O quê? — perguntou Kaio, confuso. A reação infantil da criatura foi de tamanho choque que por um momento esqueceu que estava prestes a morrer.

— Gorjala gosta de comida gritante! Grita mais! Grita mais!

Sem saber o que fazer ao certo, aproveitou a oportunidade para gritar ainda mais alto. Talvez Yara e Luca escutassem seus berros.

Depois de mais algumas risadas infantis, o gigante voltou a trazer Kaio em direção à sua boca. — Gorjala com fome, Gorjala vai te comer.

— Espera, Gorjala! — disse rapidamente tentando pensar em uma solução. Era a primeira vez que alguém ameaçava o engolir e não sabia bem o que dizer.

— Gorjala é meu nome, como você sabe? — perguntou o gigante, virando a cabeça de um lado para o outro, confuso.

Apesar do terror de estar nas mãos do gigante, perceber que ele não era a criatura mais esperta do mundo acendeu em Kaio uma fagulha de esperança. Precisava apenas descobrir como convencê-lo a deixá-lo ir.

— Essa é uma ótima pergunta! — apressou-se em dizer. — Se você me soltar, eu te explico, Gorjala.

— Gorjala não deixar, Gorjala com fome! — Estreitou as sobrancelhas.

— Ok! Ok! Eu sei seu nome, porque eu sei das coisas! O que você quiser saber, eu posso te explicar! Essa é uma oportunidade única, não é?

O gigante piscou seu olho amarelo e vermelho, curioso. — Qualquer coisa?

— Qualquer coisa! — respondeu sem pestanejar.

— Outros gigantes chamam Gorjala de tonto. Gorjala interessado.

— Proponho um acordo, então! Eu te ensino o que você quiser e você não me come. O que me diz?

— Você ensina Gorjala primeiro e depois Gorjala pensa se te come ou não.

Melhor um copo meio cheio do que um meio vazio.

Concordou com os termos do Gorjala. O gigante o colocou no chão e sentou entre ele e a saída da câmara. Kaio esticou o corpo e sentiu os músculos relaxarem depois do aperto que tinha acabado de passar. Olhou ao redor procurando uma saída e sua melhor chance seria pular por cima da perna do Gorjala para chegar a ela. Não parecia lá uma boa ideia.

— O que você gostaria de saber?

— Gorjala pensar. Gorjala querer saber — olhou ao redor procurando algo para entender e apontou para a fogueira — por que fogo queimar madeira e não queimar pedra?

— Essa é uma pergunta inteligente, deixe-me pensar — falou colocando uma mão sobre o queixo.

Gorjala franziu a sobrancelha e pareceu se irritar.

— Pensei que você soubesse das coisas.

— E eu sei! Mas são muitas coisas e às vezes é preciso lembrar.

Quando o gigante parecia estar prestes a desistir do acordo, Kaio se lembrou de suas aulas de ciências e retomou a palavra: — A pedra da caverna não pega fogo porque não é inflamável. A madeira sim, por isso o fogo não se espalha pelo chão.

— O que é "inframável"?

— Inflamável! — repetiu enfatizando o som do L. — Inflamável são materiais que pegam fogo fácil.

Apesar da resposta redundante, o gigante pareceu satisfeito e emendou outra pergunta:

— Gorjala querer saber: por que o mar é azul?

Dessa vez, Kaio não precisou pensar muito para responder, já tinha feito o mesmo questionamento outras vezes.

— Outra excelente pergunta! O mar é azul porque reflete a cor do céu, ora bolas. Como um espelho!

— Por que o céu é azul?

— O céu é azul porque — não conseguiu encontrar as palavras e gaguejou alguns sons sem sentido, se embananando todo. Kaio lembrava de ter feito a mesma pergunta há muito tempo para um professor, mas não conseguia recordar-se da resposta. Algo a ver com gases, ele sabia, embora não soubesse conectar uma coisa com outra.

Gorjala franziu o cenho, estava ficando claramente faminto com toda aquela conversa e levantou-se para dar o bote.

— Espera! Espera! Eu sei essa! Um minuto, apenas! — repetiu o pedido fazendo um sinal com a mão. — Condensação? Não, isso é outra coisa — pensou alto.

— Gorjala com fome. Gorjala cansado de esperar — falou o gigante, erguendo as mãos redondas e grandes em direção a Kaio.

Kaio até tentou correr das garras do Gorjala, mas ele era grande demais para fugir. Foi alçado pelo colosso com tanta facilidade como uma folha erguida por uma criança. Ali, na caverna mal iluminada, de frente com a enorme boca aberta da criatura. Não conseguiu fazer mais nada a não ser aceitar a morte próxima. E seria esmigalhado por aqueles dentes afiados e meio estragados. Então, o som de uma pedra caindo estalou pela caverna e o gigante estacou. Gorjala virou-se lentamente, e Kaio conseguiu ver Luca armando uma pedra no seu estilingue e Yara com seu arco.

— Criança sabe-tudo tem amiguinhos. — Arregalou os olhos, espantado, então sorriu. — Refeição de rei! Refeição de rei!

Com um pulo, aproximou-se das duas crianças. Kaio não gostou nada da sensação de ser arrastado no ar, nunca tinha ido à uma montanha-russa, mas imaginou que seria algo parecido. Yara disparou uma flecha no braço que pareceu não causar nenhum efeito além de deixar o gigante ainda mais zangado. Luca atirou uma pedra que mal chegou a encostar na pele dele. Gorjala era mais rápido do que sua aparência fazia acreditar e num instante pegou Luca com sua mão esquerda, enquanto carregava Kaio com a direita.

— Morra, criatura nefasta! — gritou Yara ao disparar outra seta, desta vez no abdômen de Gorjala, que gritou de dor.

— Gorjala não entender o que ser nefasta! — falou o gigante, pisando em Yara o suficiente para apenas imobilizá-la.

Assim, todos foram capturados pelo gigante da caverna.

— Me solta, seu lazarento! — gritou Luca.

— Você ainda vai cair em combate pelas minhas mãos — declarou Yara do chão. — E quanto a você, por que não avisar a gente antes de sair explorando uma caverna no meio da noite sozinho?

— Eu escutei um barulho estranho e fui ver o que era! Não quis acordar vocês por nada que nem da última vez!

— Isso não me parece nada! — gritou Luca da outra mão.

O gigante chacoalhava os dois com suas mãos.

— Gorjala feliz! Quem vai ser o primeiro? — Examinou-os parecendo tentar decidir qual era o mais saboroso. Após uma longa olhadela, levantou Luca pela pontas dos dedos segurando sua roupa, e posicionou logo acima de sua boca aberta.

— Pelos reis! Pelos reis! Eu não quero morrer! — choramingou o menino.

Yara fechou os olhos para não ver o companheiro ser comido. Sem o arco que ficou afastado, estava indefesa. Kaio desejou ter poderes para libertá-los, uma magia, um encantamento, qualquer coisa que pudesse ser poderosa o suficiente para derrotar o Gorjala. Precisava de um plano, não podia simplesmente ficar parado, esperando a morte. Imagina se morresse em Bravaterra, sua mãe nunca mais teria notícias suas! Então, lembrou-se do seu primeiro encontro com a indiazinha. Podia não ter uma magia na manga, mas tinha algo parecido. Puxou o celular do bolso com certo esforço e gritou de forma poderosa, como imaginava que um mago faria: ABRACADABRA SIM SALA BIM!

E com essas palavras, o flash do celular disparou, iluminando por um segundo toda a caverna, mas especialmente o olho do Gorjala.

— Gorjala cego! O que foi isso? — reclamou o gigante.

— Uma magia poderosa! O grande sábio Kaio, que sabe todas as coisas, acabou de aprisionar sua alma! — declarou Kaio mostrando a foto do Gorjala no celular. — Para toda a eternidade, sua alma ficará presa nessa caixinha até que eu decida libertar.

O gigante focou a vista, aproximou seu olho do aparelho e ao ver sua foto, o terror atravessou seu rosto.

— Liberta minha alma! LIBERTA! LIBERTA! — esbravejou irritado movendo suas mãos violentamente, ainda os segurando.

— Não vamos libertar até que você nos solte! — falou Yara entendendo a jogada de Kaio.

— É isso mesmo! Nos coloque no chão agora! — comandou Luca, que até um segundo atrás estava chorando, com medo da morte.

— Você os ouviu! — completou Kaio.

— Gorjala não querer!

— Nem nós! Se você não nos soltar, vou fazer coisas terríveis com sua alma! Talvez eu a jogue na fogueira! Aposto que consigo acertar daqui.

A ameaça atingiu o efeito necessário quando Kaio percebeu o medo no olho de Gorjala. Assim, não foram necessárias outras palavras para ele concordar e colocá-los no chão, além de liberar Yara do seu grande pé. O gigante aproximou seu rosto de Kaio com uma cara de criança pega fazendo traquinagem.

— Gorjala cumpriu acordo! Agora liberta Gorjala!

— Será que deveria? — falou movendo-se para perto da saída da câmara. — Você não nos tratou muito bem.

— Gorjala bonzinho! Gorjala só estava brincando.

— Você queria me comer! — respondeu Luca furiosamente.

Os choramingos do gigante ecoaram na caverna enquanto os três davam passos discretos até os corredores. Quando estavam distantes o suficiente do Gorjala, Kaio, com pena da criatura, disse que o libertaria, e pôs-se a correr pelos corredores sem olhar para trás. Luca e Yara, esta após pegar seu arco, o seguiam. Não queriam nem pensar na possibilidade de cair nas mãos do gigante de novo. Correram sem saber exatamente para onde ir. Viraram em um corredor, depois em um túnel, esquerda, esquerda, direita, esquerda, e quando perceberam, estavam rolando ladeira abaixo, adentrando ainda mais o coração da caverna. Não soube exatamente por quanto tempo deslizaram, mas pareceu uma eternidade. Quando pararam, caíram um em cima do outro. Levantaram os olhos e se espantaram.

Estavam diante de um enorme portão de ferro.

CAPÍTULO 10

Ficaram os três ali, estagnados, diante do portão de ferro. A porta era imensa, talvez tivesse 10 vezes o tamanho deles, e fechava o caminho do túnel rochoso que levava... bem, eles não sabiam o que havia atrás daquela porta, e esse era justamente o problema. Pelo tamanho, Kaio imaginou que só poderia ser uma cidade de gigantes. Será que fugiram de Gorjala para caírem em um problema ainda maior? Yara explicou que gigantes não tinham costume de viver debaixo do chão e sim no alto das montanhas, mas depois de enfrentarem Gorjala em uma caverna, nem ela parecia mais acreditar nisso.

Cogitaram a ideia de voltar pelo mesmo caminho que vieram, porém bastou uma olhadela para o escorredor de pedra que os levou até ali para declararem que não seria possível subir por ele.

— O que nós vamos fazer? — perguntou Luca.

— Não olhe para mim — respondeu Yara. — Se tivessem feito como eu mandei desde o começo, nem estaríamos nessa situação.

— O que você está fazendo?! — disse Luca ao ver Kaio se aproximar do portão de ferro.

— Vou tentar abrir. Talvez tenha uma alavanca ou um botão. — Apalpou o ferro gelado buscando algo que o ajudasse. — Se não dá para voltar, esse é o único caminho.

— Você também?! — questionou exasperado, vendo Yara fazer o mesmo. — E se tiver mais gigantes do outro lado? Ou algo pior? Uma porta desse tamanho não está aí à toa.

— É como o Kaio falou, é o único caminho.

Mal Yara havia terminado de responder e o chão sob seus pés tremeu. Uma voz grave e assustadora ecoou pelo túnel de pedra. Kaio, tão focado na porta, caiu de susto com a poderosa voz dizendo:

— Quem são vocês e o que querem aqui?

Luca engoliu em seco sussurrando um "eu avisei". Yara arregalou os olhos. Demoraram um segundo olhando um para o outro sem saber o que responder até a menina tomar a dianteira:

— Sou Yara, da tribo Amazona!

— Uma amazona? O que uma de vocês faz andando debaixo do chão? — perguntou a voz assumindo um tom de curiosidade.

— Nós queremos atravessar a serra.

— E quem é "nós"?

— Luca de Campanário Tostário — apresentou-se.

— Kaio do Paraná — fez uma reverência na direção de onde vinha a voz sem saber como deveria se portar ao certo.

— Campanário Tostário eu conheço, cidade dominada por duendes. Nós não gostamos de duendes por aqui. Talvez eu devesse mandar meus guardas os atacarem. — Ficou em silêncio por um tempo, deixando os três de olhos e ouvidos atentos com medo de um ataque. — Paraná, por outro lado — retomou a fala lentamente —, nunca ouvi falar. O que devo dizer que é no mínimo estranho, já que somos muito bem-informados.

Kaio, percebendo o interesse repentino da voz misteriosa, se adiantou em responder:

— Nós somos uma tribo muito avançada. Sabemos fazer ferramentas mágicas muito úteis. Não há ninguém tão avançado quanto nós em toda Bravaterra! — Torceu para eles fisgarem a isca.

Kaio não soube ao certo se foi convincente, mas a voz misteriosa deu espaço ao eco de outras tantas vozes discutindo pela caverna. Não era possível distinguir exatamente o que diziam, mas era o suficiente para perceberem que o comentário do menino paranaense havia levantado um grande debate.

Kaio e Yara recuaram mais um passo da porta de ferro e de repente tudo ficou em silêncio.

Luca piscou.

— E agora?

Kaio abriu a boca para responder quando todo o chão tremeu e a gigantesca porta de ferro começou a se abrir. Recuaram mais alguns passos para trás com medo do que viria por aquela entrada. Seriam gigantes? Ogros? Para sua surpresa, não era nem um nem outro. Muito pelo contrário. As figuras que saíram eram pequenas. Talvez pequenas não as descrevem com precisão, eram *pequenininhas*. Deviam ter algo em torno de um metro de altura, os menores nem isso tinham. Perto deles, pareciam crianças ainda mais novas. Mas certamente eles não eram crianças, pelo menos era o que sua aparência dizia. Muitos tinham barbas e bigodes coloridos. As mulheres usavam tranças e maria-chiquinhas.

— Gnomos — sussurrou Luca.

No centro das figuras pequeninas, vinha um gnomo de bigode grosso e curvo de um azul tão claro que podia ser confundido com branco. Sua cabeça era calva e esbanjava uma coroa de ouro. A figura peculiar estava sentada em um trono vermelho sobre uma plataforma de madeira empurrada por outros gnomos de armadura. Todos os pequeninos pareciam esperar ele falar.

— Olá, forasteiros, meu nome é Nope Pole IV, o Rei Debaixo do Chão! — Alguns "vivas" foram gritados pelos gnomos que o acompanhavam. — Foi você que falou em ferramentas mágicas mais avançadas de Bravaterra, não foi? — apontou para Kaio. — Você não parece nem um pouco criativo. Seu cabelo nem é colorido — argumentou, cético, enquanto o examinava debaixo para cima. — Nós, gnomos, somos engenheiros e ferreiros, curiosos por natureza. E nos orgulhamos muito de sermos uma sociedade avançada. Cadê as ferramentas mágicas? Quero ver.

Kaio pegou o celular do bolso e o gnomo deu pulo para trás num susto e todos os outros gnomos o acompanharam fazendo o mesmo gesto tremendo o chão.

— Calma, calma! Não é nenhuma arma! — explicou Kaio.

— E o que essa coisinha faz? — respondeu o Rei Debaixo do Chão, levantando sua sobrancelha azul, desconfiado.

Pensou em responder muitas coisas, mas sua experiência em Bravaterra mostrava que demonstrações traziam mais resultados que palavras. Então chacoalhou a mão e acendeu novamente a lanterna. Logo após o surgir da luz, os gnomos abriram as bocas em um "O" e ovacionaram o acontecimento.

— Uau! Uau! E o que mais isso faz? — perguntou o rei, exasperado.

Kaio, empolgado com a reação, decidiu abrir um aplicativo e tocar uma música que ecoou por toda a caverna e levou os pequeninos a saltitarem impressionados.

O Rei Debaixo do Chão era o que parecia mais contente e não demorou para pedir emprestado o celular. Claro que Kaio deixou ele pegar o aparelho, mas o desligou antes, disse que estava vinculado a ele e só funcionaria em suas mãos. Nope ficou um pouco decepcionado; e Yara estreitou as sobrancelhas ao ouvir isso.

— Tudo isso foi muito incrível! Muito interessante a tal ferramenta do Paraná. E vocês parecem simpáticos — falou Nope Pole. — Por isso é uma pena o que vou ter que fazer agora, mas não tenho escolha. Guardas, prendam eles! — comandou o rei mudando o tom de voz rapidamente e os gnomos de armaduras apontaram suas lanças para os três.

— O quê? — Luca arregalou os olhos.

— Por que você está fazendo isso? — questionou Yara, buscando seu arco, sem entender a situação.

O rei levantou um dedo. — Não é nada pessoal, é claro. Apenas ossos do ofício. Vocês descobriram a entrada secreta de Gnomópoles. Não podemos deixar vocês saírem daqui, senão estaríamos em perigo.

Afinal de contas, nossa segurança depende que esses túneis continuem secretos. Então, aproveitem uma vida longa e moderadamente feliz em nossos calabouços.

— Mas amigos não traem uns aos outros. *Amigos cuidam uns dos outros.* Nós nunca falaríamos onde está a entrada — argumentou Kaio.

— E vocês são nossos amigos? — Franziu a testa.

— Claro que somos, não viemos com intenção de atacar. Estávamos fugindo do gigante e caímos aqui por acaso — respondeu Luca dando um olhar para Yara abaixar o arco.

— O Gorjala? Vocês o encontraram? Aquele gigante está perdido há um tempo nessa caverna e nos causando problemas.

— Encontramos e o enfrentamos — afirmou Yara, emburrada, ao abaixar o arco e omitindo a parte da fuga desesperada.

O Rei Debaixo do Chão pareceu admirado com essa nova informação, porém não totalmente convencido. Para Kaio, de alguma forma, o gnomo parecia lembrar seu tio Valter. Ora chorando de rir de uma piada sem graça, ora fazendo algum comentário sério. Nunca dava para saber ao certo o que passava na cabeça dele. Sua mãe costumava dizer que ele tinha um parafuso a menos. O Rei Nope Pole IV parecia ter a mesma coisa: primeiro ameaçou com os guardas, depois pulou de alegria com a música e agora falava em prisão de novo. Kaio precisava de algo mais convincente para cair nas graças do rei. Sabia que o celular era a chave, mas que função poderia mudar sua imagem de invasor para amigo?

Sorriu ao descobrir a resposta.

— Posso mostrar uma coisa? — Apontou para o celular.

— Oh, sim! Quero saber mais sobre isso antes de prender vocês! — falou admirando o objeto.

Kaio se aproximou do rei no trono e abriu um vídeo. Era um compilado de gatos tentando pegar objetos e caindo. Depois mostrou algumas dancinhas engraçadas e por fim algum dos seus memes favoritos. Como esperado, os vídeos e imagens captaram a atenção do rei gnomo assim como um brinquedo brilhante o olhar de uma criança. Primeiro o Rei Debaixo do Chão sorriu, depois riu até que finalmente começou a gargalhar e bater palmas em meio as tentativas de recuperar o fôlego. Ele era mais parecido com o tio Valter do que Kaio imaginava. Só precisava da piada certa. Yara e Luca trocaram olhares confusos. Já os gnomos, pareciam curiosos e desejosos em saber os motivos de tanta alegria.

Depois de alguns minutos de risada constante e caindo na graça do rei, Nope Pole IV finalmente recuperou o fôlego e decidiu: — Sejam bem-vindos a Gnomópoles, amigos dos gnomos.

CAPÍTULO 11

Gnomópoles era majestosa. Embora alguém desatento poderia pensar que a cidade era escura e sombria por estar debaixo do chão, esse não era caso devido às habilidosas mãos dos gnomos. Lamparinas coloridas, especialmente amarelas, se distribuíam pelas ruas da cidade trazendo luz até os cantos mais obscuros da caverna. Kaio observou que algumas, inclusive, tocavam o topo da enorme gruta. Tal qual tocas que ficavam no chão, as casas dos gnomos tinham suas entradas aparentemente suficientes para que uma criança conseguisse entrar sem se agachar, mas o mesmo não podia se falar dos adultos.

Já faziam cinco dias que estavam na cidade, devido a insistência do Rei Debaixo do Chão para participarem do festival de P. Faw VII, um importante explorador gnomo que descobriu esses túneis e fundou Gnomópoles, e ainda sim, Kaio não conseguia deixar de admirar a engenharia do lugar.

Ouviram muitas histórias e passaram uma estadia tranquila até ali. Os gnomos se mostraram criaturinhas curiosas e atentas. Não sabia o que chamava mais a atenção deles, as histórias sobre as terras distantes de Kaio ou as músicas de seu smartphone. Claro que Kaio preferia contar suas façanhas em Jesuítas do que as músicas, primeiro porque estava preocupado com a bateria do celular que mesmo com tudo seu cuidado em mantê-lo desligado quando não usava, estava cada dia menor e em segundo lugar, porque se orgulhava muito de suas aventuras e revivê-las através da fala aquecia seu coração e ajudava a enfrentar a saudade.

Além disso, os gnomos e a cidade pareciam sempre alegres, as ruas cobertas de decorações especiais como bandeirinhas e balões coloridos devido ao festival. Era um dos principais eventos de Gnomópoles, conforme explicou Nope, e alertou que eles tiveram muita sorte de chegar bem nessa época do ano. Em vários aspectos, Kaio achou o festival parecido com as tradicionais festas juninas brasileiras. Não apenas pela decoração colorida, mas pelas canções e danças constantes. Se não fosse o desejo de voltar para sua família, pensou que poderia ficar ali por mais um tempo. Não tinha pressa em enfrentar outros gigantes, duendes ou ovelhas assustadoras.

Kaio e Luca exploraram o festival juntos, descendo e subindo as ruas da cidade subterrânea para descobrirem novos jogos e feiras do festival. Participavam de todos os eventos que encontravam no caminho e se divertiam com os gnomos. Por outro lado, não tiveram sinal de Yara. A garota optou por vasculhar a cidade sozinha, o que não causou muita estranheza para Kaio, que aos poucos se acostumava com o jeito mais reservado da amazona e assim deixou os dois meninos a sós em Gnomópoles.

— Posso te perguntar algo? — falou Luca.

— Aham — respondeu Kaio.

— Aham?

— Sim, aham. Tipo, "sim".

Luca pareceu ainda mais confuso com a explicação dada por Kaio.

— Sim, pode perguntar. — Suspirou optando pelo caminho mais fácil.

— Então... — abaixou a cabeça claramente envergonhado — no seu mundo, como um homem conquista uma mulher?

Kaio não conseguia ver seu próprio rosto, mas tinha certeza que havia ficado vermelho com a pergunta inesperada. Não tinha muita experiência com garotas e gaguejou tentando encontrar uma resposta. A verdade é que nunca soube se portar na frente de uma menina e considerava a maioria delas irritante. O seu colega Rafael costumava levar mais jeito para isso, sabia desenrolar, mas ele não estava por perto.

— E-eu, é, então... é meio complicado. Tem várias formas, não sei se existe um único caminho.

— Você poderia me ensinar um? — falou exibindo um olhar de animação. — Berto e Fred não eram lá bons exemplos...

Os lábios de Kaio se curvaram em um sorriso maroto.

— Você está gostando de alguém? Quem? — disse, curioso. — Ah, calma, eu já sei! Yara?

Luca olhou para os gnomos que andavam à sua volta na rua e fez um sinal de silêncio, ficando vermelho como tomate.

— Psiu! Ninguém mais precisa saber!

— Desculpa! — falou ainda sorrindo e colocando uma mão atrás da cabeça. — Boa sorte, Luca. Ela é bem durona! E mandona, também.

— Eu sei. Eu sei — falou baixinho e com um sorriso tímido. — Você tem alguma ideia então?

— Não tenho certeza. Não sou muito bom nisso... Talvez chamar para dançar ou dar uma flor.

Luca fez uma careta.

— Uma flor? Por que eu daria uma flor? Ela tem alguma doença?

— Não, não! Não uma planta medicinal. Uma bonita e romântica.

— Para quê? O que ela vai fazer com essa flor?

— Guardar? Cheirar? Cuidar? Não sei na verdade o que as mulheres fazem com as flores que recebem. Mas nos filmes, elas parecem gostar.

— Ah, os filmes! Gostaria de assistir um deles. — Luca foi um dos mais entusiasmados com o conceito de filme explicado por Kaio alguns dias antes. — Ainda não tenho certeza quanto a esse negócio de flor, me parece meio bobo.

Kaio deu de ombros.

— Costuma funcionar na Terra.

— Acho que vale a pena tentar — concluiu Luca. — Onde posso conseguir uma aqui? — falou colocando uma mão no queixo.

Enquanto o amigo procurava uma flor ao redor. Kaio ponderou sobre a surpreendente revelação. Até considerava Yara bonita, com sua pele e olhos caramelos e seus cabelos escuros e lisos, sem falar de suas vestes arrojadas e diferente do que se via na cidade. Contudo, ela era toda mandona e irritante, e ainda se achava a última bolacha do pacote. É verdade que depois de salvá-la do Gorjala, Yara começou a tratá-lo melhor e tiveram mais conversas. Ela não parecia mais o considerar um peso morto e isso o deixava feliz. Porém, mesmo assim... ficou imaginando o que seria passar sua vida toda com ela, casados, e fez uma careta. Preferia aproveitar seu tempo jogando futebol. Pensou em falar isso para Luca, dizer para ele esquecer esse negócio de namoro, parecia um bom conselho. Entretanto, seus pensamentos foram cortados pela voz assustada do amigo:

— Fogo!

Kaio levantou os olhos e viu, quase sem acreditar, Gnomópoles em chamas.

Kaio conseguia ver as labaredas de chamas vindo da praça central de Gnomópoles. Não tinha ouvido explosão nem nada que indicasse um incêndio, mas lá estava o fogo se alastrando à distância. Provavelmente pelo tamanho, supôs ser um armazém ou algo parecido; agora, entretanto, não passava de uma enorme fogueira. Decidiu apertar o passo e correu em direção ao fogo.

— O que você está fazendo? Nós precisamos correr para o outro lado! — exclamou Luca.

— E se alguém precisar de ajuda? Precisamos ver o que aconteceu!

— O que exatamente nós podemos fazer para ajudar? Somos crianças!

— Podemos fazer mais se tentarmos do que se não tentarmos!

Virou a cabeça e correu sem olhar para trás. Não sabia por que estava fazendo isso, mas de alguma forma, parecia a coisa certa a se fazer.

Ao chegar na praça central da cidade, o calor das chamas confirmou suas suspeitas a respeito do armazém. Infelizmente, como notou, não era o único local pegando fogo. As chamas se espalhavam rapidamente pelas decorações e construções. Alguns gnomos corriam de um lado para o outro desesperados, outros enchiam baldes de águas na tentativa de apagar o lume. Kaio avistou o velho Nope Pole com uma parte de seu bigode azul queimado e acompanhado de uma equipe de gnomos que tentavam diminuir as chamas.

O rosto de Nope Pole se iluminou ao ver o menino se aproximar.

— Pelos reis! Justamente quem eu queria ver! Guri, rápido! Sua bugiganga mágica não teria nada para apagar esse fogo?

Kaio abaixou a cabeça.

— Lamento, ela não tem esse tipo de poder.

— Oh, sim! Entendo... então se afaste logo daqui! Esse lugar é perigoso!

— Posso ajudar de outra forma? Talvez buscando água no poço?

Mal terminara de falar e uma explosão vindo do armazém o fez andar para trás devido ao calor.

A feição do velho gnomo pareceu séria pela primeira vez desde que Kaio o conheceu.

— Apenas se afaste. Você é uma criança e um convidado. Nós lidaremos com esse incêndio.

Kaio levantou a sobrancelha, surpreso com a reação do rei gnomo. Porém, desviou o olhar para outra direção ao ouvir uma canção vinda de uma das casas que tinha acabado de incendiar-se. Era uma voz leve como de uma criança e cantarolava animado.

Queima pedra, queima pedra
Arbustos e terra o fogo leva
Queima pedra, queima pedra,
Casas e gnomos o fogo enterra

Claro que Kaio e os gnomos, especialmente Nope Pole, ficaram assombrados com a letra da música. Que tipo de gente de mal gosto faria uma coisa dessas? Para a surpresa deles, não era exatamente uma pessoa.

Surgiu das chamas uma pequena bola de fogo com duas pernas e dois braços, menor ainda que os gnomos, com olhos grandes e todo o seu corpo era como uma labareda de fogo. Corria em direção a outra casa, deixando um rastro de chamas onde pisava. Yara estava em seu encalço, desviando das brasas deixadas pela criaturinha.

— Um fogo-morto! — gritou o gnomo arregalando seus olhos.

— Um o quê? — perguntou Kaio, sem entender o que estava acontecendo.

— Um fogo-morto! — repetiu. — Uma criaturinha diabólica que nasce ao reutilizar o resto de uma fogueira!

A garota amazona, ao vê-los, mudou seu caminho indo em direção a eles.

— Por que vocês estão parados?! Se não fizermos nada, ele vai queimar toda cidade!

— Nós, gnomos, não somos lutadores! — retrucou Nope Pole assustado.

— E aqueles gnomos de armaduras e lanças afiadas? — questionou Kaio.

— As armaduras são mais decorativas, não esperamos um dia realmente usá-las — falou baixinho.

— Se não fizerem nada, não serão nem lutadores e nem gnomos mais! Já ouvi histórias de fogos-mortos terem incendiado florestas e cidades inteiras! — exclamou Yara.

— Você sabe como pará-lo? — perguntou Kaio inconformado com a ideia que Gnomópoles poderia deixar de existir por causa de uma criaturinha tão pequena.

— Eu tenho uma ideia! Mas não sei se dará certo.

— Pois faça, seja lá o que estiver pensando! E nós cuidaremos de não deixar o fogo se alastrar! — balbuciou o Rei Debaixo do Chão com seu bigode chamuscado e não tão mais orgulhoso.

— Certo! Fala para seus homens não deixarem o fogo-morto descer mais. Eles precisam fechar o perímetro do centro. E você, vem comigo! — disse Yara, puxando Kaio pela mão.

A guerreira amazona o levou até um ponto alto da cidade onde era possível ver Gnomópoles por inteira e o fogo se alastrando no centro, além dos soldados gnomos equipados de escudos fechando as ruas enquanto outros tentavam controlar as chamas.

— Preste atenção, Kaio — falou Yara, percebendo pela primeira vez que ainda estavam de mãos dadas e retraindo seu braço com força. — Está vendo ali? — Apontou para um enorme cubo de madeira sobre quatro pernas de ferro. — Aquela é a caixa d'água da cidade. Se conseguirmos derrubar ela sobre o fogo-morto, provavelmente deverá apagá-lo.

— Mas ela está muito longe do centro! Como vamos levar aquilo até ele?

— Não! Nós precisamos levar ele até a caixa! Na verdade, você precisa! Você consegue fazer isso?

Então Kaio finalmente entendeu o plano arriscado de Yara. Ele seria a isca para uma armadilha para o fogo-morto. Claro que ele não gostou nem um pouco do plano. Afinal de contas, era a segunda vez que era usado de isca par distrair alguém e já tinha passado por muitos perigos até agora, por isso não foi muito simpático com a ideia de ser perseguido por uma bola de fogo viva. Mas que opção tinha? A cidade dos amáveis gnomos estava em risco e gostava ainda menos da ideia de não fazer nada para ajudá-los.

— Ok, eu faço! — afirmou Kaio, parecendo mais confiante do que realmente estava.

— Eu vou me preparar para acertar a caixa então! — respondeu Yara e acrescentou um "boa sorte" antes de partir.

Kaio desceu correndo até o centro novamente, onde os gnomos lutavam contra as chamas e fechavam o perímetro para o diabinho não fugir. Alguns lugares já estavam consumidos pelo fogo, enquanto outros ainda pareciam alvos para o fogo-morto que dançava de um lado para o outro.

Sem pensar direito, Kaio gritou na tentativa de chamar atenção do serzinho:

— Ei! Cara de fósforo! Duvido você me pegar! — E mostrou a língua.

— Eu não tenho cara de fósforo! Sou muito mais fogoso que os fósforos! — reclamou o fogo-morto, pondo-se atrás de Kaio.

A primeira parte do plano, conseguiu realizar perfeitamente. Irritou a criatura de chamas que partiu em sua perseguição. *Agora só preciso ficar vivo*, pensou com pesar. Sentia as gotas de suor escorrendo pelo corpo devido ao calor. Ficou grato pelo fogo-morto não ter pernas mais longas, senão estaria em um perigo muito maior do que se encontrava. O que sua mãe pensaria disso? Logo ela, que sempre falou para não brincar com fogo.

Enquanto corria, os gnomos que fechavam as ruas abriam espaço para ele passar junto com o fogo-morto. Assim, aos poucos cercavam a criatura onde eles queriam. Às vezes Kaio se virava e dançava para o ser, para o irritar ainda mais. Dobrou à direita em direção a caixa d'água. Aquela rua ainda estava sem nenhum sinal do ataque. Era o final de uma ladeira e uma zona comercial dos gnomos. Ao fim da rua, uma alta estrutura apoiava a caixa d'água. Olhou para trás para averiguar se ainda estava sendo perseguido e para sua infelicidade, o elemental havia sumido. Estava sozinho.

Virou a cabeça de um lado para o outro, procurando sinal dele, e nada. De repente sentiu um calor e se deparou com o fogo-morto ao seu encalço, muito mais perto do que podia considerar seguro. Uma gota de suor desceu pelo rosto.

— Peguei você! Peguei você! — Deu uma risadinha. — Peguei um atalho e te cerquei! Você não tem para onde fugir.

Kaio deu um passo para trás, trombando contra a parede de uma loja. Nunca esteve tão encrencado quanto naquele momento. Labaredas surgiram ao seu lado, fechando qualquer rota de fuga. Olhou os arredores atrás de Yara e não a viu. Ela não estava sequer perto da caixa d'água. Engoliu em seco. Estava perdido. Então, uma pedrinha atravessou as chamas e acertou em cheio a cabeça do monstrinho.

— Ei! Aqui! — gritou Luca, desviando a atenção dele.

O fogo-morto irou-se com o ataque e vociferou em direção de Luca. — Vou te queimar! Vou te queimar!

— Não tão rápido — respondeu Kaio, aproveitando a deixa para correr em direção ao local planejado e atirando um cascalho que encontrou no chão.

Luca com seu estilingue começou a fazer o mesmo. A cada pedra que acertavam, o fogo-morto parecia combustar. E os gritos de provocação apenas incentivavam-no ficar ainda mais furioso. O plano parecia funcionar e aos poucos se aproximavam da armadilha.

Kaio viu Yara correndo por um dos telhados em direção à caixa d'água e sorriu, tudo estava conforme planejado.

Porém, mais uma pedra acertou a cabeça do fogo-morto e dessa vez as coisas desandaram. Ele incendiou-se em uma enorme labareda como uma grande explosão e assim aumentou de tamanho para a altura de um homem adulto. Sua forma mudou, também. Não tinha mais pernas, apenas um redemoinho de fogo debaixo do tronco.

Kaio e Luca ficaram boquiabertos e deram alguns passos para trás, assombrados com o que viram.

— Vocês vão queimar! — gritou a voz não tão mais aguda agora e lançando uma bola de fogo de suas mãos.

Kaio e Luca correram cada um para um lado, desviando do tiro do fogo-morto, que acertou a estrutura da caixa d'água, entortando uma coluna e derrubando a gigantesca caixa de madeira no chão. A água escorreu pelo chão sem atingir a criatura. Kaio conseguiu ver Yara pulando da plataforma para um telhado próximo em segurança. De qualquer forma, pensou que já não fazia mais diferença se ela estava segura ou não. Afinal de contas, o plano foi por água abaixo, literalmente, e agora estavam todos enrascados! O fogo-morto estava mais forte, a caixa d'água destruída, os gnomos longes. Olhou ao redor e não viu nada que pudesse ajudar, não tinha para onde correr ou fugir. Sua roupa estava ensopada de suor por causa do calor. Tentou buscar alguma ideia na sua cabeça para lhe tirar dessa situação, mas só vinha a imagem de sua mãe, que tanto sentia falta. Luca parecia ainda mais assustado, boquiaberto, não conseguia nem se mexer.

E quando parecia o fim, um barril estourou nas costas do fogo-morto encharcando-o de água. Então mais um e mais outro. Uma enorme pilha de barris descia ladeira abaixo guiado pelos gnomos. Nope Pole gritou para os meninos procurarem abrigo. Yara, de cima do telhado, começou a atirar flechas na criatura que pareceu ficar sem saber para onde ir. Sem se mover, os barris continuaram o acertando com força. O fogo-morto gritava de angústia com cada vez menos ânimo enquanto diminuía de tamanho na medida em que os barris explodiam em seu corpo lançando água para todo lado.

Em poucos minutos, a gigante fera de fogo se tornou uma pequena fagulha que Luca pisou com toda satisfação, não deixando nenhum rastro de chamas.

Gnomópoles estava salva.

CAPÍTULO 12

Depois de derrotarem o fogo-morto e apagarem as chamas, uma festa sem fim tomou conta de Gnomópoles. Os três aventureiros, que já eram amigos dos gnomos, caíram ainda mais na graça deles por toda sua bravura na luta contra a criatura de chamas em defesa da cidade. Nope Pole afirmou mais de uma vez que se não fosse a ousadia e coragem deles, talvez nenhum gnomo teria se levantado para empurrar os barris. Porém, mesmo após tantos dias por ali, aquilo não aplacava a saudade que Kaio tinha de sua família e casa. Apesar de ter aprendido a amar a cidade subterrânea, sabia que estava na hora de ir. Ele precisava encontrar logo a feiticeira e voltar para São Paulo. Assim, pela manhã do terceiro dia após o festival, se reuniu com Yara e Luca e decidiram partir. Contudo, antes de chegarem no portão, foram levados até a sala do trono do Rei Debaixo do Chão, que fez questão de se despedir em grande estilo.

Kaio ficou tonto ao rodear com os olhos o amplo salão do trono. As colunas e as paredes eram tão altas que se perguntava como gnomos construíram aquele castelo, e ao lembrar que se tratava de uma cidade subterrânea, tornava tudo ainda mais majestoso. Além disso, para o espanto dos três, parecia que metade dos gnomos da cidade estavam dentro daquele salão. Alinhados e distribuídos pelos cantos, formavam um corredor em direção ao trono de Nope Pole IV.

— Aproximem-se — falou o Rei Debaixo do Chão.

Kaio trocou um olhar desentendido com seus dois companheiros, então seguiu Yara, que puxou a fila. Alguns gnomos agradeceram a eles durante o caminho, e outros choravam inconsolavelmente. Os três colocaram-se lado a lado. Sem entender muito bem o que estava acontecendo, Kaio apenas seguiu em frente, até se aproximar do rei gnomo, que pousou as mãos em seus ombros e falou:

— Vocês não pensaram que iriam embora sem se despedir, não é? Nós, gnomos, somos famosos por nossa hospitalidade... pelo menos quando não os jogamos em nossos calabouços... — balançou a cabeça afastando o pensamento — de qualquer forma, queremos recompensá-los devidamente por seus feitos de bravura! — Ao dizer isso, fez um sinal e três pequeninos surgiram com presentes em mãos.

Nope Pole pegou uma capa verde-musgo e voltou até o menino moreno.

— Para Luca, o Benevolente, que se arriscou em meio ao fogo para salvar a vida do amigo, eu lhe dou essa Capa de Proteção. Com ela, você ficará protegido não apenas do fogo, mas também de todos os tipos de lâminas.

Luca agradeceu e vestiu a capa que serviu nele tão bem que parecia mágica. Seus olhos estavam cheios de água e soluçou ao tentar agradecer.

— Para Yara, a Destemida, representou toda a força das amazonas ao pensar rápido em um plano e usou de sua maestria para segurar a atenção do fogo-morto com rápidos disparos. Lhe presenteamos com essa nova aljava recheada de flechas rúnicas. Tome cuidado, elas são muito poderosas — alertou Nope Pole entregando o objeto e depois enrolando o bigode azul. — Mas sabemos que ninguém melhor do que você para usá-las.

Yara fez uma breve reverência.

— E por fim, para Kaio, o Corajoso, que foi o primeiro a enfrentar como um verdadeiro herói a criatura de fogo, lhe damos essa espada de cavaleiro gnômica.

Entregou nas mãos de Kaio a espada. A belíssima arma o fez suspirar. Seu cabo era azul, o guarda-mão junto com o chappe tinham um formato triangular, e a lâmina com detalhes em escritos numa língua desconhecida fazia uma curva no meio e afinava até a ponta. Para um homem adulto, ela até poderia parecer pequena, porém para um gnomo ou uma criança, servia perfeitamente.

— Está escrito Nevasca. Esse é seu nome. Cuide bem dela. É uma espada lendária e muito conhecidos são seus feitos entre os gnomos.

— Ela é linda — finalmente falou Kaio, sem saber exatamente como agradecer. — Mas eu não posso aceitar, eu não sou nenhum cavaleiro.

Kaio conseguiu ver um sorriso amável em Nope Pole, muito parecido com o da sua mãe quando pretendia lhe ensinar algo.

— Talvez você não tenha braços de cavaleiro ainda, mas certamente tem o coração de um.

Com essas palavras, decidiu aceitar o presente e terminou abraçando o velho gnomo, quebrando qualquer formalidade.

— Vocês têm certeza de que querem partir? — perguntou Nope Pole mais uma vez, movendo suas grossas sobrancelhas azuis e com uma lágrima nos olhos.

— Nós precisamos — afirmou Kaio.

— É uma pena, é uma pena. Gostaria de ouvir mais das canções e dos mistérios do Brasil. Espero poder um dia visitar suas terras. E quanto a vocês — olhou para Yara e Luca —, são mais do que bem--vindos para voltarem quando quiser! — Nope Pole colocou as mãos para trás. — Um último conselho, se me permitem: tomem muito cuidado na Selva Peçonhenta. Esses presentes vão te ajudar na jornada, mas tentem ficar perto da luz. Muitos perigos rondam aquela mata.

— Tomaremos todo cuidado — falou Yara, ao sorrir e acenar com a cabeça.

Luca tentou dizer algo, mas se engasgou com o choro que não conseguia segurar mais. Até Kaio sentiu seus olhos lacrimejarem. Se esforçou para manter a compostura de cavaleiro e agradeceu novamente pelo presente e conselhos. No final das contas, se despedir dos amigos gnomos foi mais difícil do que enfrentar o fogo-morto e desejava vê-los novamente. Quis falar para Nope Pole que pretendia visitá-lo em breve, porém, não sabia se algum dia poderia fazer isso. A verdade é que provavelmente nunca os veria de novo.

Uma parte de si até sentia vontade de ficar na cidade subterrânea que aprendeu a amar e participar dos festivais, comer os banquetes, entoar canções. Só que também queria compartilhar o mesmo com sua família. Então atravessou o portão que levava até a floresta junto de Yara e Luca, e decidiu que não olharia para trás.

CAPÍTULO 13

— Eu não tocaria nisso se fosse você — alertou Yara.

Kaio afastou a mão do cogumelo vermelho com bolinhas amarelas. Após encurtarem caminho através dos canais subterrâneos da Serra Tempestuosa, haviam chegado à Selva Peçonhenta. Último desafio antes de encontrarem a feiticeira, pelo que tudo indica. De acordo com as informações divulgadas pelo Rei Debaixo do Chão, havia boatos de que ela vivia no final da floresta ao oeste. Kaio estava animado com a possibilidade de encontrá-la logo, apesar de não gostar nem um pouco da selva em que se meteu.

Fazia três dias que caminhavam pela mata e ainda não havia se habituado ao lugar. Os insetos pareciam todos gigantes, e embora não costumassem se aproximar deles, era impossível não se assustar com uma abelha do tamanho de um punho. Pelo menos, não estava sozinho nessa. Luca parecia simpatizar ainda menos pelos insetos. A cada um que surgia, tomava um susto diferente. Apenas Yara não se incomodava. E se isso não fosse o bastante, havia também os perigos das plantas venenosas. Elas possuíam todas as formas, tamanhos e cores, e sempre que uma delas captava sua atenção, Yara o alertava: "Eu não tocaria nisso se fosse você. Uma delas, em especial, o assustou bastante; era a rodopio-do-sol, que aparecia de vez em quando nas margens da trilha, muito parecida com um girassol com seu miolo amarelado. A grande diferença eram suas pétalas vermelhas e a capacidade de derrubar um homem adulto em segundos se tivesse a coragem ou a tolice de cheirá-la.

Mas nada disso o incomodava como os olhos da noite. Quanto mais avançavam pela trilha na imensidão verde, mais densa e escura a penumbra se tornava e com o pôr do sol, olhos vermelhos pareciam surgir no breu. Às vezes também apareciam olhos amarelos e iluminados pelo que parecia uma chama anil e os vermelhos desapareciam; em outros momentos, enxergava olhos verdes mais distantes. Independente da cor, todos o arrepiavam. Seguindo o conselho de Nope Pole, Kaio e seus companheiros fizeram questão de sempre manter uma fogueira acesa durante as noites e nunca se afastar da trilha. A luz da fogueira parecia ser suficiente para afastar os perigos das trevas. Contudo, mesmo assim, toda vez que a escuridão começava a surgir, os olhos vermelhos apareciam entre as árvores. Apesar de ouvir galhos se partindo e outros ruídos estranhos, Kaio não conseguia identificar a quem pertenciam esses olhos. Verdade seja dita, preferia nunca descobrir.

Aquela noite parecia particularmente mais assustadora que as outras. Não havia muitas estrelas no céu, fazendo com que a única luz na floresta fosse a fogueira acesa por Kaio e pequenos feixes vindo da Lua que atravessam a folhagem das árvores. Cada um arrumou sua cama com os sacos de dormir doados pelos gnomos. Os olhos surgiram na escuridão como de rotina, dessa vez, apenas os vermelhos. Kaio tentou ignorá-los, mas eles pareciam mais próximos e não conseguiu tirar isso da cabeça.

— Não se preocupe, contanto que tenhamos luz, eles não vão se aproximar — falou Yara como se lesse seus pensamentos.

— Como você sabe dessas coisas? — perguntou Kaio tentando se acalmar.

— Se não, eles já teriam nos atacado — respondeu a garota.

Kaio não sentiu tanta firmeza na voz dela como gostaria.

— Eu só quero ir embora dessa floresta! — choramingou Luca. — Não aguento mais ver insetos, plantas venenosas e esses olhos sinistros! Não deveríamos ter saído da cidade dos gnomos.

— Você queria ver a feiticeira, não queria? Não adianta desistir agora — reforçou Yara.

Luca baixou a cabeça sabendo que ela estava certa.

Talvez para mornar aquela situação de fraqueza, Kaio viu Luca se recompor rapidamente e começar a vasculhar o seu arredor com a ajuda de um graveto em chamas tirado da fogueira.

— O que você está fazendo? — perguntou Yara, curiosa.

— Você verá — respondeu Luca, entretido na sua busca. — Aqui! Achei! Tenho certeza de que essa não é venenosa — disse ao pegar um lírio amarelo acostado na relva.

De cabeça baixa, aproximou-se da garota e esticou o braço ereto oferecendo o lírio.

— O que é isso? — perguntou Yara.

— Uma flor! — disse Luca. — Um presente para você.

Yara deu uma longa examinada no lírio sem parecer entender do que aquilo se tratava.

— O que eu deveria fazer com ele? Um lírio não serve para curar nem para comer. Pode ficar com você — respondeu rigidamente e voltou a se enrolar em sua manta.

Luca pareceu tentar gaguejar alguma coisa, mas o ar não se tornou som em sua boca e finalmente voltou para seu canto cabisbaixo. Nem todas as tradições da Terra funcionavam em Bravaterra, concluiu Kaio, simpático pelo amigo, e se ajeitou para dormir.

Aos poucos foi fechando os olhos e se entregando ao cansaço. Um vento assobiou pela floresta. A fogueira se apagou. Lembrou-se de seu quarto escuro e quentinho enquanto pegava no sono. Abriu os olhos, assustados.

A fogueira.

Com um salto, levantou-se. Yara parecia tentar acender o fogo inutilmente devido ao vento. Os olhos vermelhos se aproximavam. Sentiu o coração palpitar. Os ruídos de rastejo e pegadas na floresta pareciam mais pertos.

Kaio se lembrou da espada e a desembainhou sem demorar. Lembrou-se também de algo no bolso e rapidamente ligou o celular e o agitou para um lado e para o outro, acendendo sua lanterna. A floresta iluminou-se e conseguiu ver o detentor dos olhos vermelhos a quase um metro de distância.

Um enorme escorpião preto.

Emitindo um guincho alto, o enorme escorpião se moveu para trás ao ver o raio de luz. Luca se levantou, desavisado com o barulho. Mal Kaio se recuperou do susto, viu se aproximar pela escuridão outros escorpiões negros. Um deles levantou sua cauda para lhe ferroar, mas Kaio conseguiu jogar a luz da lanterna em sua direção o obrigando a recuar e ficou grato consigo mesmo por ter decidido economizar a bateria do celular.

— O que são essas cois...?

— Lacraus-negros! — gritou Yara antes mesmo de Luca completar sua frase.

Pelo tom de voz da garota, Kaio não teve dúvida de que o perigo era tão grande quanto parecia.

— Haja o que houver, não deixem eles te tocarem com o ferrão! O veneno deles pode matar uma pessoa em até 10 minutos!

Se antes o estado era de medo, essa nova informação deixou a situação ainda mais desesperadora. Kaio arregalou os olhos sentindo o pavor tomar conta do seu coração que palpitava sem parar.

— Nunca pensei que fossem reais e veria um deles em minha vida! — falou Luca.

Yara puxou Luca pelo pulso para perto de Kaio, que tentava os afastar com a lanterna, trazendo-o de volta de seu estado de congelamento. Os três ficaram encurralados entre uma árvore e três escorpiões que os cercavam. *Um para cada!*

A cada vez que um dos lacraus tomava coragem de aproximar-se, Kaio jogava sua luz o afastando. Às vezes tentava acertá-los com sua espada também, mas não tinha a mesma sorte.

— O que vamos fazer? — balbuciou Luca.

A amazona puxou uma flecha da sua aljava e armou no arco.

— Precisamos assustá-los! — falou ao disparar uma flecha no olho vermelho do escorpião mais próximo que guinchou novamente, dessa vez de dor.

— Eles são sensíveis à luz! Acho que podemos mantê-los afastados!

Luca atirou uma pedra na cabeça de um dos escorpiões com seu estilingue.

Kaio aparou uma ferroada com sua espada.

— Por que eles não estão fugindo?!

— Agora que vimos eles, parece que não vão desistir do ataque! — respondeu Yara, desviando de um golpe que terminou por acertar a árvore. Kaio aproveitou que a cauda do escorpião ficou presa no tronco e o acertou com sua espada. A criatura chiou, recuando. Outra tentou avançar, mas desistiu pela luminosidade.

— Olhem ali! — Apontou Luca para entre as árvores. — Mais lacraus! Pelos reis! Nós vamos morrer!

Da escuridão da selva, surgiu mais lacraus-negros. Alguns tão grandes quanto os outros três, outros menores, do tamanho de um cachorro. Todos pareciam sedentos. Kaio conseguia sentir suas pernas bambeando de medo. Uma gota de suor gelado escorreu por sua testa. E, de repente, a luz do celular apagou-se. A bateria acabou. Os olhos vermelhos no breu da floresta pareciam maiores. E os escorpiões começaram a avançar lentamente ganhando confiança.

— O que você está fazendo? — perguntou Luca com um tom inquisitivo. — Faz a mágica de novo.

— Não dá! Não funciona mais! — Colocou o celular no bolso e segurou a espada com as duas mãos.

— Como assim? — reclamou Yara. — Você falou que me daria ele!

— Acho que agora não é o momento para isso! — rebateu Kaio, preocupado com o problema mais urgente.

— Fechem os olhos! — ordenou Yara e puxou uma flecha branca da aljava, após observar a runa escrita nela. Uma flecha gnômica.

Os escorpiões mais próximos levantaram a cauda, prontos para atacar.

Kaio fechou os olhos.

Um clarão de luz rompeu a noite na floresta. Mesmo de olhos fechados, eles arderam.

— CORRAM! — gritou Yara.

Sem pensar duas vezes, fez como ordenado. Os lacraus-negros recuaram diversos passos em gemidos de dores. O clarão parecia tê-los cegados. Os três correram na direção oposta em meio a trancos e barrancos, porque seus olhos precisaram se acostumar com a noite novamente.

Kaio nunca imaginou que uma seta gnômica seria capaz de realizar tamanho feito! Olhou para trás e viu os escorpiões, aos poucos, retomarem a postura e persegui-los. Ainda não estavam livres.

— Vamos subir naquela árvore! — sugeriu Kaio, apontando para um pinheiro.

— Ótima ideia! — concordou Yara, olhando para trás e vendo os escorpiões se aproximarem.

Luca foi o primeiro a subir com um salto. Depois Yara e, por fim, Kaio. O pinheiro, apesar de grande, tinha galhos rentes ao chão e não tiveram muita dificuldade para escalar. Os lacraus-negros se amontoaram na base do tronco sem conseguir subir. Por um minuto, parecia que estava tudo bem.

— Essa foi por pouco — suspirou Kaio e depois deu uma risada de alívio ao ver que as criaturas não sabiam o que fazer, e completou: — Flecha relâmpago! Esse deveria ser o nome do seu ataque especial!

— Do que você está falando? — perguntou Yara, confusa.

— A flecha que você soltou agora. Devia chamá-la de flecha relâmpago! Toda magia precisa de um nome. Pelo menos, é assim nos jogos.

Yara balançou a cabeça, mudando o assunto: — Isso poderia ter acabado mal.

— Eu só quero ir embora dessa floresta! — reclamou Luca. — Malditos insetos!

— Na verdade, escorpiões são aracnídeos, assim como as aranhas.

— Aracnídeos? — repetiu Luca e Yara.

Kaio abriu a boca para explicar a diferença entre insetos e aracnídeos, mas acabou mordendo a língua ao fechá-la rapidamente por ver o galho em que Yara estava sentada se partindo e a derrubando da árvore.

Um dos maiores lacraus-negros levantou sua cauda, pronto para atacar. Como um raio, seu ferrão partiu em direção de Yara. A amazona arregalou os olhos. Um vulto verde passou voando à sua frente. Luca se colocou entre a garota e a fera, sendo atingido pelo ferrão do escorpião.

Kaio gritou, mas não ouviu sua própria voz. Luca, ao ser golpeado, caiu duro no chão. *O veneno pode matar em até 10 minutos!* Não conseguia acreditar no que estava acontecendo. Luca logo morreria agonizando. Yara estava caída no chão cercada pelos escorpiões de olhos vermelhos, indefesa, logo ela que era a mais apta para lidar com esse tipo de problemas. Era o pior cenário possível. Já havia passado tempo demais com os seus amigos para que qualquer pensamento contrário a ajudá-los sequer apontasse em sua mente. Não podia deixar eles morrerem. Eles até agora tinham colocado sua segurança em risco por causa dele. Precisava fazer o mesmo.

Respirou fundo tentando juntar a coragem necessária e com espada em mãos e um grito de guerra, pulou da árvore diretamente no escorpião mais próximo a ela, fincando sua lâmina nas costas do lacrau-negro que caiu morto.

— Eu sou um cavaleiro e vocês vão morrer nas minhas mãos! — gritou em fúria.

Para seu espanto, os escorpiões realmente pareceram se assustar. Não sabia se foi o grito ou por ter matado o maior deles, mas os lacraus-negros recuaram e depois tornaram a fugir pela floresta.

— É bom vocês correrem mesmo! — celebrou vitorioso e suado.

Ao virar em direção a Yara, dobrou os joelhos sem acreditar no que via. Não era ele que tinha assustado os escorpiões.

Olhos amarelos e ardentes como fogo surgiram na escuridão da floresta. Kaio não conseguiu discernir o que era devido ao breu, mas podia jurar que parecia um animal de fogo fátuo. Seu corpo congelou. Devia ser enorme. Serpenteando, a criatura deslizou pelo chão e engoliu um dos escorpiões que fugiam. Os outros continuaram a correr. E tão rápido quanto seu aparecimento, os olhos de fogo sumiram pela floresta, deixando Kaio, Luca e Yara sozinhos na escuridão.

CAPÍTULO 14

O Sol começava a surgir no Leste e trazia uma preocupação a menos para Kaio. Junto com a luz do dia, não precisava mais pensar em escorpiões gigantes e criaturas de olhos amarelos. Porém, a situação de Luca ainda lhe tirava a paz. Após o ataque do lacrau-negro, tiveram a grata surpresa de descobrir que a capa gnômica de Luca o protegera de ser perfurado pelo ferrão do escorpião. Contudo, apesar de não ter sido atingido diretamente pelo ferrão, o menino adoeceu rapidamente e uma febre aguda tomava conta de seu corpo. Provavelmente uma pouca quantidade do veneno havia respingado em Luca, conforme o parecer de Yara. Não o suficiente para matá-lo na hora, mas o suficiente para roubar sua saúde.

— Não tem nada que a gente possa fazer? — perguntou, ansioso.

— Você sabe um pouco de medicina, não sabe? — Apontou para o pingente na pulseira de Yara.

— O veneno já está agindo... eu não conheço nada que possa curá-lo. Pelo menos, não tão rápido. Talvez a feiticeira possa ajudá-lo, mas ainda nem sabemos onde ela está. Não vamos conseguir levar Luca a tempo — respondeu.

Kaio percebeu a melancolia na voz de Yara. Examinou Luca e mordeu os lábios, preocupado ao perceber quão pálido o amigo estava. Além disso, o garoto de Campanário suava frio e suas veias pareciam saltar de seu corpo.

— Nós precisamos tentar fazer algo, Yara! Não podemos simplesmente desistir! Ele não desistiria de nós!

A garota pareceu acordar de um sonho terrível ao ouvir seu nome. Desde o ataque, ela parecia não acreditar no que havia acontecido. Luca tinha se sacrificado para protegê-la.

— V-você tem razão! Se acharmos uma folha-de-rei, talvez consigamos retardar o veneno e levá-lo até a feiticeira! Vamos nos dividir e procurar!

— Ok! — concordou Kaio apressando o passo e então parando de repente. — Apenas uma pergunta: como é essa folha-de-rei?

A garota revirou os olhos para a falta de conhecimento básico de Kaio. — É como um trevo de quatro-folhas de cor amarela, geralmente nasce perto das raízes de árvores grandes por causa da sombra.

Kaio assentiu com a cabeça e disparou pela selva com os olhos grudados no chão em busca da erva.

Apesar do desejo de ajudar o amigo, procurar uma folha numa floresta, sem surpresa nenhuma, não era uma missão fácil. Fora da trilha, as plantas cresciam uma em cima da outra em uma mistura de cores, que embora fosse bonita, o deixava receoso. Como descobriu logo nos primeiros dias dentro da Selva Peçonhenta, muito da flora do local era venenosa, então precisava tomar um cuidado extra para não ficar na mesma situação de Luca.

Com passos atentos, foi adentrando a mata e afastando com a espada as plantas que lhe pareciam perigosas. Observava atentamente as raízes das árvores em busca de algum sinal do que procurava. Estava tão concentrado que levou um susto quando os galhos de uma árvore próxima chacoalharam e fisgaram sua atenção. Rapidamente colocou sua espada em posição de ataque — ou pelo menos o que pensava ser uma posição de ataque, já que nunca tinha aprendido a manusear uma espada. Para seu alívio, ao se aproximar da árvore, viu se tratar apenas de dois pássaros montando um ninho. Eram azulados e belos. Por um minuto, pegou-se rindo daquilo tudo, nunca imaginaria estar em uma floresta com uma espada em mãos procurando um antídoto para o veneno de um escorpião gigante. Mas lá estava ele...

— Boa sorte em montar suas casas! — falou para as aves. — Espero logo voltar para a minha também.

Mal terminou suas palavras e escutou um grito atravessar a floresta fazendo os pássaros azulados levantarem voo.

Yara.

Kaio não tinha dúvidas que se tratava da voz dela. O que poderia tê-la assustado a ponto de fazê-la gritar desse jeito? Apenas de imaginar que fosse outro monstro, seu corpo se arrepiou. Colocou-se a correr na direção do grito, precisava saber o quanto antes o que estava acontecendo. Então um pensamento surgiu em sua mente: *E Luca?* Ele não tinha encontrado a erva, e sem Yara, era questão de tempo para o amigo falecer. Titubeou sem saber como agir. O quanto de coragem ele havia ganhado todo esse tempo para encarar mais um desafio pela frente? Sim, porque tudo levava a crer que somente coisas difíceis aconteciam em Bravaterra. Desde que chegou, não havia tido um descanso decente, e seu corpo parecia ter emagrecido uns bons quilos. Sabe-se lá o que sua mãe diria se o visse agora. Por falar nela, gostaria de um dos seus valiosos conselhos nessa hora, mas estava ali, sozinho. Ou, quem sabe, Bob o ajudaria a sair de certos apuros. Mas não tinha nem eles, nem tempo a perder. Cerrou os punhos enquanto corria. Não tinha certeza se acharia a erva, mas sabia que podia fazer algo por Yara.

Com sua espada em mãos e dilacerando os galhos e mato à sua

frente, correu como quem foge de um cão raivoso até avistar Yara caída no chão com a mão na boca. Se aproximou, ofegante, para ajudá-la, e paralisou quando viu a razão do grito de susto. Poucos metros o separavam de mais uma enorme e assustadora criatura.

Kaio estava diante de uma enorme serpente com olhos espalhados ao longo do corpo tão amarelos quanto o sol. Ao seu redor brilhava uma luz azul como se o cobra estivesse ardendo em chamas, não tinha dúvidas de se tratar da figura misteriosa da outra noite, aquela que afastou os escorpiões.

Agora entendia o porquê de a cobra ter agido assim: ela estava protegendo seu alimento desta manhã, ou seja, era o próximo no cardápio.

A criatura rastejava no gramado, chiando em um ritmo que deixava o coração de Kaio acelerado. Se aproximou o quanto pode de Yara tentando não ser pego pelo monstro.

— Ela nos viu? — perguntou baixinho.

— Não sei — respondeu Yara, de olhos arregalados, dando um passo para trás. — Precisamos voltar para a trilha. Logo agora que eu achei uma folha-de-rei!

— Você sabe o que é aquilo? — falou se movendo para trás, com cuidado.

— Eu já ouvi falar de lendas desses tipos, de serpentes de fogo que levam as pessoas à loucura. Haja o que houver, não olhe em seus olhos!

— *Quem é você?*

— O que você está dizendo, Yara?

— Eu não falei nada! Nós precisamos ir!

— *Ah, você não é deste mundo* — repetiu a voz.

Kaio balançou a cabeça, procurando a fonte da voz. De longe, viu a cobra se arrastando paulatinamente em ziguezague.

— *Você não irá fugir. O que te traz para essa floresta?*

— Quem está falando?! — falou alto em resposta à voz na sua cabeça, sem considerar direito o que fazia.

Como um foguete, a cobra que parecia distante, deslizou em direção a Kaio e a Yara. Entre trancos e barrancos, os dois correram no sentido oposto, assustados, contudo, não conseguiram dar muitos passos, sendo rapidamente bloqueados pela serpente. As chamas do corpo dela se incendiaram como em uma explosão de fogo-fátuo. Tentaram mudar sua direção, mas a parte traseira da cobra os derrubou e enlaçou-se nos dois.

— Não olhe em seus olhos! — alertou Yara.

Apesar do conselho, já era tarde demais. Kaio foi absorto pelos olhos de chamas da cobra, que penetraram na sua alma. Embora a serpente radiasse chamas azuis, um calafrio percorreu seu corpo e ele estremeceu. Como se estivesse nu diante da criatura e uma tempestade gelada tomasse conta do lugar. O mundo ao seu redor deixou de existir; não via mais Yara ou a floresta, e sentiu-se sozinho em meio à escuridão. A única coisa à sua frente eram aqueles olhos amarelos. E ouviu novamente aquela voz em sua cabeça. Dessa vez, não teve dúvidas de quem era.

— *Quem sou eu? Sou o protetor da floresta! Tenho muitos nomes e em muitas línguas. Talvez um que você consiga dizer seja Boitatá. O que o traz à minha floresta, garoto de outro mundo?*

— Como você sabe que não sou de Bravaterra? — perguntou, virando a cabeça de um lado para o outro, procurando uma saída.

— *Eu tenho muitos olhos e vejo muitas coisas. Consigo ver uma morada vertical, uma mulher e um cachorro.*

Em um piscar de olhos, sua mãe estava ali na sua frente, retirando pratos de uma das caixas de mudança. Bob estava jogado no chão, aparentemente tranquilo.

— Mãe? Mãe! — gritou Kaio inutilmente, sem obter uma resposta. Tentou abraçá-la e a atravessou. Uma lágrima escorreu pelo seu rosto enquanto tentava se agarrar a ela e gritava sem ser ouvido como em um terrível pesadelo.

— *Oh, sim, eu entendo. Feitiço poderoso que o trouxe aqui. Todavia, continuo sem compreender o que lhe traz para essa floresta? Por que você nos ataca?*

— Eu não quero atacar a floresta! Só queremos achar uma pessoa — retrucou.

— *Como posso saber se isso é verdade? Quiçá assim...*

E com essas últimas palavras, sua casa em São Paulo desapareceu e se viu no Dragão Vermelho novamente. Yara repassava o plano de encontrar a feiticeira para Luca.

— Como você está fazendo isso?! — exigiu saber.

— *Não são apenas magos e feiticeiras que guardam poderes* — respondeu a voz da cobra em meio à escuridão. De alguma forma, ela tomava os sentidos de Kaio, que não conseguia distinguir bem o que estava acontecendo. — *Existem seres muito mais antigos e poderosos do que aqueles que você procura. Vejo que você apenas quer voltar para seu mundo e não atacar os seres da floresta. Talvez seja verdade o que diz, você não é meu inimigo. Porém, devo alertar, não sei se ela pode te ajudar.*

— Quem é ela? — perguntou, confuso, sem entender o que a cobra dizia.

— *A feiticeira da floresta! Quem mais seria? Aquela a quem você procura.*

— Ela não pode me ajudar a voltar?

— *Viajar entre mundos? Isso requer altíssimo nível de magia. Talvez ela possa, talvez não. Não tenho como ter certeza.*

Aquilo soou como um balde de água fria. Nesse caso, precisaria viver em Bravaterra pelo resto dos seus dias e toda essa jornada teria sido em vão. Até mesmo o sacrifício de Luca. Até então, o Boitatá parecia ser bem sincero, mas Kaio não tinha como saber se confiava plenamente nele ou se tudo não passava de uma balela para depois servisse de suas carnes e ossos numa refestelada refeição. Então, um pensamento despontou em sua cabeça: a cobra de olhos amarelos e fogo azul o tinha levado, mesmo que por alguns segundos, de volta para casa. Talvez ela poderia ajudá-lo. Parecia um tiro no escuro, porém era melhor arriscar do que desistir.

— Você não poderia? Que nem fez agora e me levou de volta para casa!

— *Aquilo era apenas uma memória, eu não poderia de fato te levar até aquele lugar. Todavia, quiçá, posso te ajudar a encontrar a feiticeira e certamente ela poderá ajudar seu amigo Luca. Ainda há tempo para ele.*

— V-você vai fazer isso? Vai nos ajudar?

— *Não por você, mas pela floresta. Quanto mais rápidos vocês forem embora, mais depressa os animais e árvores daqui encontrarão paz.*

Com essas últimas palavras, a escuridão em volta de Kaio desapareceu e ele se viu novamente na floresta. Boitatá desenrolou-se dele e de Yara. Yara caiu no chão confusa e ainda de olhos fechados.

— O que está acontecendo Kaio? — perguntou tateando o ar em busca dele.

— Pode abrir os olhos! Está tudo bem.

A amazona seguiu o conselho do amigo e fez como ele pediu, e por isso não conseguiu deixar de praguejar e xingá-lo ao ver que a enorme cobra ainda estava ali com seus olhos amarelos e corpo em chamas. Suas mãos foram automaticamente até sua aljava, mas uma voz interrompeu sua ação:

— *Não precisa se preocupar* — falou o Boitatá. Kaio percebeu que Yara agora escutava o mesmo que ele, depois que ela mirou os olhos da criatura. — *Hoje nós não somos inimigos. Te guiarei até a feiticeira da floresta. Aquela de quem ouviram os rumores.*

Yara abriu a boca para falar, contudo não conseguiu dizer nada ao serem interrompidos pela voz novamente.

— *Não temos tempo a perder, amazona. A cada minuto que passa, o outro companheiro de vocês está mais perto da morte. Mesmo a folha-de-rei presa em sua cinta, quiçá não seja suficiente para retardar a doença.*

Depois disso, tudo aconteceu muito rápido na visão de Kaio. Em poucos minutos estavam ajudando Luca a mastigar a erva, em seguida corriam entre as árvores perseguindo de perto o Boitatá que guiava o caminho. Amarraram o menino nas costas da cobra que o levava como se o seu peso não fizesse nenhuma diferença. O vento roçava seu rosto, assim como os galhos que afastava com as mãos. Sentia suas pernas bambearem. Não havia tempo para descanso e conversas.

CAPÍTULO 15

Tique taque.

Kaio praticamente era capaz de ouvir o som do relógio em seus ouvidos. A cada minuto que se passava, a situação de Luca ficava ainda mais perigosa. A morte batia à porta do amigo. Suas pernas estavam pesadas e tinha certeza de que iria desabar a qualquer momento devido ao cansaço. Desde que encontrara o Boitatá, corria atrás dele sem descanso em direção à casa da feiticeira. Quanta distância ainda precisaria percorrer para chegar ao seu destino? Essa perguntava o martelava em meio aos *tiquetaques*. Kaio arfou e sentiu suas pálpebras cedendo. As árvores duplicavam à sua frente. Olhou para o lado e seu companheiro, sendo carregado pela serpente, tinha as veias do pescoço que saltavam para fora de seu corpo e a boca balbuciando palavras sem sentido no que parecia ser um delírio.

Tiquetaque.

À sua direita percebeu Yara suando. Não sabia por mais quanto tempo aguentaria o ritmo do Boitatá e da amazona. Deu outra olhadela para o amigo e soube que desistir não era uma opção. *Preciso aguentar um pouco mais!* Disse a si mesmo. *Um pouco mais...* E não demorou para ver um campo aberto mais à frente e uma casa de madeira. *Finalmente!*

Seu espírito se renovou ao ver que haviam chegado à casa da feiticeira da floresta. Até suas pernas pareciam mais fortes.

Tique.

Taque.

Percebeu que Luca perdeu a consciência. Era aquele o fim? Não podia ser! Não podiam ter chegado tarde demais.

Disparou em direção à casa. Porém, antes de se aproximar o tanto que gostaria, Kaio se chocou contra uma parede invisível e foi lançado ao chão como se fosse empurrado por uma mola. Levantou-se com uma mão na cabeça por causa da dor e confuso por não ver o que o atingiu.

Antes de perguntar, Boitatá deu a resposta:

— Há uma magia de proteção em volta da casa, como um campo de força. Você não irá atravessá-lo com força bruta.

— E como vamos passar? — perguntou Yara, olhando para Luca, febril e desacordado no chão.

— Não precisamos. Aí vem ela — respondeu a cobra acenando a cabeça na direção de uma mulher que andava calmamente até onde estavam.

Kaio ficou surpreso com o que viu. Quando se falou de uma mulher feiticeira vivendo ao oeste da floresta, pensou em vestes excêntricas e muitos colares como os de Yara. Porém, encontrou exatamente o oposto. A feiticeira tinha tamanha elegância que, mesmo na Terra, Kaio nunca vira nada parecido fora da televisão. Ela trajava um belíssimo vestido preto que alcançava seus tornozelos. Suas mãos eram escondidas por luvas escuras que subiam até seus cotovelos. Os cabelos tão negros quanto suas vestes, seus olhos púrpuras pareciam ocultar anos e anos de experiência, mas seu rosto claro não continha marcas de idade. Acima da cabeça, usava um chapéu pontudo de tonalidade parecida com a de seus olhos.

— Ora, ora, Boitatá. Há quanto tempo não me visita? — falou a mulher. — Vejo que está acompanhado.

— Olá, Cassandra, amiga das florestas! — falou a cobra. — Tem sido dias difíceis na selva. Gostaria de poder visitá-la em um momento mais propício e não apenas em emergências, mas essas crianças precisam de ajuda. Vivenciaram uma longa jornada atrás de você.

— E o que os traz aqui? — perguntou a moça olhando para Kaio e Yara.

— Nosso amigo precisa de ajuda! — respondeu Kaio rapidamente. — Por favor, nos ajuda!

— Nós fomos atacados por lacraus-negros na floresta! — explicou Yara. — Ele acabou sendo atingido — abaixou a cabeça — para me salvar.

Kaio notou o tom de voz de Yara embaraçado. Cassandra, por outro lado, pareceu sequer ouvir as últimas palavras. Depois da menina falar "lacraus-negros", a feiticeira já tinha disparado até Luca e o examinava atentamente. Primeiro abriu sua boca, depois puxou suas pálpebras e, por fim, rasgou sua camisa, deixando seu peito exposto.

— Capa Gnômica, não é? Vejo que ele não foi perfurado, apenas respirou o veneno. Isso já é uma grande vitória, mas ainda não é hora de celebrar. O veneno já se espalhou por parte do corpo dele. Pelo que vejo, o veneno não chegou ao coração, então há tempo de salvá-lo. Verei o que posso fazer! Porém, precisamos ser rápidos! Levem-no para dentro! — ordenou a mulher.

Kaio se prontificou e levantou Luca com esforço, apoiando-o em seu ombro. Yara rapidamente se aproximou para ajudá-lo. Antes de dar um passo, todavia, Kaio se lembrou da magia de proteção.

— Nós vamos conseguir entrar? — perguntou.

Cassandra sorriu e pronunciou algumas palavras que Kaio não entendeu. De repente, surgiu uma varinha de madeira em suas mãos. Com mais algumas palavras, a varinha emitiu rapidamente uma pequena luz verde e depois se apagou.

— Podem vir! Agora vocês vão conseguir atravessar o campo.

Kaio ficou boquiaberto, pois até então não tinha visto magia de verdade e isso foi o suficiente para animá-lo! Uma faísca de esperança pareceu surgir no seu interior. Se ela era capaz de fazer coisas como campos de força invisíveis, certamente a feiticeira poderia ajudar Luca. Talvez, até levá-lo para casa. Devia comentar algo sobre isso o quanto antes? Afinal, este era também um dos motivos pelo qual havia chegado ali. Mas logo balançou a cabeça, evitando pensar nisso. O mais importante no momento era ajudar Luca como podia. O menino tinha se arriscado por eles, e Kaio estava disposto a fazer o mesmo.

Deu alguns passos para frente e sentiu novamente aquela parede invisível. Contudo, desta vez, parecia chiclete; precisou forçar o passo e esticá-la, e então, como se explodisse, não a sentia mais. Tinha atravessado o campo. Yara fez o mesmo. Do outro lado, parecia tudo igual, exceto o clima. Estava frio. Não um frio de congelar, mas comparado ao lado de fora, estava fresco. A sensação era a de sair de um pátio ensolarado e adentrar um quarto com ar-condicionado. Agora entendia o porquê de Cassandra usar aquelas roupas.

Olhou para trás e viu o Boitatá, e aquela voz falou dentro de si de novo:

— *Nossa jornada acaba aqui! Preciso voltar para a floresta, nem todas as visitas que recebemos são tão amigáveis. Espero que ela consiga te ajudar a voltar para casa!* — despediu-se a cobra.

— Adeus, amigo! Cuide bem da floresta! — respondeu Kaio em voz alta com um sorriso e virou-se para frente, em direção à casa. Cassandra já o tinha ultrapassado e aberto a porta para eles.

Por dentro, a casa parecia imensamente maior do que vista por fora. Não conseguiu observar com cuidado os detalhes dela, mas não tinha dúvidas que tudo ali parecia muito refinado e bonito. Provavelmente se tratava de magia, também. Foi necessário que a feiticeira os guiasse pelos corredores até um quarto protegido por uma porta de madeira. Acima dela, no batente, havia uma inscrição em uma língua que não foi capaz de ler.

O quarto possuía muitas estantes com inúmeros frascos e livros. Uma cama repousava próxima da parede com uma janela logo acima e um forte odor de ervas tomava conta do lugar.

Kaio e Yara deixaram o menino na cama.

— Aqui! Achei! — exclamou Cassandra, vitoriosa, após encontrar o frasco que procurava e o misturar com outro.

Virou-se para Luca e levou um susto ao encontrar os olhos atentos de Kaio e Yara que ansiavam por uma resposta.

— Vocês fizeram o que podiam, agora deixem comigo! — falou a feiticeira.

Colocou os dois para fora e fechou a porta.

Kaio desabou no chão ao baixar a adrenalina e notar como suas pernas estavam cansadas. Apenas conseguia pensar que não era justo que Luca sofresse por causa de sua viagem. Queria poder fazer algo a mais por ele. Entretanto, agora não restava mais nada que pudesse fazer além de contar os segundos e torcer pela melhora do amigo.

Tiquetaque.

Os minutos ali no corredor foram angustiantes. Kaio não sabia dizer se passara horas ou segundos do momento em que Cassandra fechou a porta para tratar de Luca. Andava de um lado para o outro, preocupado com o amigo. Yara estava sentada, com as pernas encolhidas, de frente para a porta. Às vezes escutavam um grito de dor vindo do outro lado dela, mas não podiam fazer nada. Até que tentaram abri-la para ver pelo cantinho o que estava acontecendo. Porém, a porta estava selada. Precisavam esperar pacientemente por alguma notícia. E ela chegou durante a noite.

Cassandra abriu a porta. Parecia exausta e informou a mensagem que os ouvidos de Kaio aguardavam ansiosamente receber: — Ele vai ficar bem. Está fora de perigo. Apenas precisa descansar agora.

Aquelas palavras foram como um banho quente após um longo dia de trabalho árduo. Seus músculos relaxaram e agora não se sentia mais pesado como antes. Pela expressão aliviada de Yara, Kaio tinha certeza de que ela se encontrava da mesma forma.

— Obrigado! — falou Yara pondo-se de pé e fazendo uma reverência, abaixando a cabeça. — Não temos como agradecer!

— Obrigado por ajudar nosso amigo! — repetiu Kaio.

Os cantos da boca de Cassandra se levantaram em um sorriso.

— Não se preocupem com isso. Fizeram bem em trazê-lo até mim. Vocês já comeram? — perguntou a mulher.

Kaio nem precisou responder, sua barriga o fez por ele ao roncar diante do som da palavra "comer". A verdade é que nem ele tinha percebido, com quanta fome estava, até aquele momento. Ele não tinha comido nada o dia todo, entre procurar a erva, depois encontrar a feiticeira. Tanto ele quanto Yara tinham passado o dia correndo de um lado para o outro na Selva Peçonhenta.

Cassandra sorriu diante do tremor do estômago do menino.

— Vamos jantar! Sigam-me. — Fez um gesto com a mão. — Não sei se tenho muita coisa, mas espero ser o suficiente para saciar seus corpos famintos.

E com esse convite, não demorou muito para ela montar uma belíssima mesa de jantar com tudo que um rei teria direito. Uma cesta de frutas iluminava o centro da mesa com muitas cores. Vegetais e verduras acompanhavam o prato principal, um suculento pernil. E jarros de sucos completavam a refeição. Era impossível para Kaio não perceber que tinha muita magia ali envolvida. Porém, o sabor era real, e isso era o mais importante no momento. Rapidamente, se empanturrou.

Quando todos estavam finalmente satisfeitos e sabendo que Luca não estava mais em perigo, Kaio respirou fundo para tomar coragem e perguntar o que tanto gostaria de saber. Tinha medo de que suas esperanças fossem frustradas, por isso titubeava em questionar. Quando abriu a boca para falar, foi interrompido por Cassandra:

— O que os trazem aqui? — perguntou a feiticeira. — Vocês montam um grupo um tanto quanto interessante. Uma amazona e dois meninos. Boitatá falou que vocês fizeram uma longa jornada até aqui, então imagino que o menino doente não seja a razão da viagem, afinal de contas. E sim, um infortúnio durante o caminho.

— Sim, senhora — adiantou-se Kaio. — Tem mais uma coisa que eu gostaria de pedir.

— Não precisa me chamar de senhora, isso apenas me faz sentir mais velha. Pode me chamar de Cassandra — falou com um sorriso gentil no rosto.

— Como quiser, Cassandra — respondeu.

— Então, o que lhe traz aqui?

Dessa vez, finalmente contou: — Meu nome é Kaio e não sou de Bravaterra. Eu venho de outra terra ou dimensão, não sei explicar direito para falar a verdade, mas se chama Brasil. E vim parar aqui sem querer por causa de um jogo enfeitiçado. Yara e Luca me falaram de histórias sobre magos e feiticeiros, um deles muito famoso, chamado de Mago Azul, que parecia ser capaz de viajar entre mundos. Até que descobrimos que havia uma feiticeira na floresta! Eu gostaria de saber, você conhece alguma magia que possa me levar para casa?

Cassandra ficou em silêncio, sem demonstrar nenhuma reação diante do que ouviu de Kaio. Claro que isso o deixou impaciente, até que voltou a falar: — Então, você pode me ajudar?

— Estou pensando, menino. É verdade que já ouvi sobre o Mago Azul e suas viagens, assim como você. Porém, não conheço o feitiço que ele realizava.

Kaio quase caiu da cadeira ao ouvir aquelas palavras.

— Eu vou ficar preso aqui?!

— Não tem nada que você possa fazer? — Levantou-se Yara.

— Se acalmem os dois. Não foi isso que quis dizer. Eu falei que não conheço o feitiço do Mago Azul. Isso não significa, por outro lado, que não há outras formas de viajar entre mundos. Já ouviram a lenda do Anhangá?

Kaio acenou negativamente com a cabeça e Yara fez o mesmo.

— Interessante. É uma lenda até bem conhecida. Então prestem atenção, vou contar apenas uma vez. Acredito que essa história será de seu especial interesse, Kaio.

E assim, o som de um vento cortou a sala e a luminosidade diminuiu. Uma pequena luz surgiu no centro da mesa na forma de um planeta. Os continentes não pareciam os que Kaio conhecia. Cassandra suspirou e entoou sua voz com força:

— Há muitos e muitos anos, antes das nomeações como conhecemos e o nome Bravaterra não passar de um sonho, várias criaturas poderosas e mágicas que hoje vivem nas profundezas dos oceanos ou no coração das florestas, andavam pacificamente pelos campos e vales. Seres ainda mais antigos que o Boitatá que vocês tiveram a oportunidade de conhecer. Eles eram chamados de Encantados!

— Os Encantados podiam tomar diversas formas. — A luz no centro dançava e se adaptava conforme ela contava a história. — Eles viviam de forma tão conectados com tudo à sua volta que praticamente faziam parte da natureza. Ninguém sabe exatamente de onde eles vieram ou porque sumiram. Mas não há dúvidas que todos eles eram poderosos! Por que não dizer, mágicos?

— O Anhangá foi um desses Encantados. Apaixonado pelas florestas, o espírito geralmente aparecia deslumbrante em forma de veado, com pelagem branca como a neve, olhos vermelhos como o fogo e chifres pontudos como espadas, se diferenciava de qualquer animal. Ele era formidável. — Kaio praticamente conseguia ver o Anhangá pela luz em forma de veado. — Gostava de caminhar pela mata e cuidar dos animais, bem como das árvores e do rio, e tinha uma função muito especial na natureza. O Anhangá era o protetor da floresta.

— Assim como nos dias de hoje, já havia caçadores e aventureiros que atentavam contra a natureza. Matavam animais única e exclusivamente pelo sentimento de vitória. Derrubavam árvores para vender suas riquezas. Homens gananciosos e mesquinhos que buscavam poder e dinheiro acima de tudo. O Anhangá não perdoava. Com seu corpo feroz atacava esses homens, com seus poderes criava ilusões e os confundia na floresta. O Anhangá odiava a raça humana. Até que um dia, tudo mudou.

— Enquanto fazia uma de suas caminhadas rotineiras pelos bosques e florestas, viu uma cena peculiar: um humano, artesão, que cuidava de um filhote de coelho ferido. O Anhangá viu aquela cena com curiosidade, então começou a seguir aquele humano. Descobriu que ele não maltratava a natureza, pelo contrário, cuidava dela. Não apenas isso, percebeu que o humano tinha algo diferente dos outros animais. Ele era criativo.

— Quando encontrava madeira ou pedras jogadas no chão, construía coisas diferentes daquelas que encontrava na floresta. Ele montava casa para os pássaros ou mesmo réplicas de animais em madeira. Tudo aquilo pareceu muito belo e curioso para o Encantado. O Anhangá decidiu se aproximar e se comunicar com o homem. Eles formaram uma amizade. Porém, havia um problema: o Anhangá nem sempre conseguia encontrar o homem, assim como o inverso. Toda vez que seus caminhos se separavam, nunca sabiam quando iriam se reencontrar.

— Por causa disso, o artesão, junto com o Anhangá, fez a maior de suas criações, com o auxílio dos poderes misteriosos do Encantado. Eles criaram uma belíssima gema brilhante. A gema era redonda e perfeita, não havia marcas ou ondulações, lisa como deveria ser. E o mais importante: possuía poderes mágicos! Essa pedra preciosa ficou conhecida como Gema do Anhangá. É capaz de abrir caminhos entre mundos e o espaço, assim sempre unindo o Artesão com o Encantado. Agora eles eram capazes de encontrar um ao outro.

Com essas últimas palavras, as figuras que começaram a se formar no ar desapareceram e Kaio sentiu-se despertado de um longo sonho.

— Uau! Que história incrível! — Estreitou as sobrancelhas. — Apenas não entendi direito o que tudo isso tem a ver comigo.

— Cabeção! Ela está dizendo que a Gema do Anhangá pode abrir um caminho até seu mundo! — esbravejou Yara.

— Exatamente! — acrescentou Cassandra com uma risada. — Eu não conheço os feitiços do Mago Azul, porém tenho certeza que conseguiria usar a gema para te ajudar.

— Agora eu entendo! Tudo isso é muito legal... mas eu não tenho essa tal Gema do Anhangá e nem sei onde está... — falou desolado.

— Eu sei — falou a feiticeira, confiante. — Existe uma aldeia ao sul chamada Alanoude. Ela está localizada no coração da Floresta Sombria. Não é muito distante, talvez uns 5 dias de viagem pelo rio. Eles mantêm a gema por gerações! Dizem os boatos que até hoje o Anhangá é visto caminhando pelas entranhas da floresta. Se você conseguir a gema, mesmo que emprestada, certamente posso te levar para casa!

— Floresta Sombria... Parece um lugar assustador — comentou Kaio, pensando se esse era seu próximo destino.

Apesar do nome do lugar, as palavras de Cassandra soaram esperançosas. Se ele conseguisse encontrar a Gema do Anhangá, seria capaz de voltar para casa. De voltar para sua mãe, que já devia estar morrendo de preocupação. Só de pensar na bronca que levaria, até considerou desistir da empreitada por um segundo. Mas sabia que não podia fazer isso. Por outro lado, Luca precisava descansar, então provavelmente não poderia contar com ele. O amigo quase havia morrido envenenado. E Yara... bem, Yara não tinha mais motivos para viajar com ele. O celular estava descarregado e sem utilidade, ela já havia cumprido sua parte do acordo.

Sentiu um frio na barriga ao pensar que seus amigos não continuariam a jornada junto dele. Não sabia o que o futuro lhe esperava, mas pensar que precisaria continuar isso sozinho parecia mais assustador que qualquer um dos monstros que tinham encontrado.

Todavia, não era o mesmo garoto de semanas atrás, aquele que reclamava porque não podia jogar bola em casa ou chorava porque seus amigos tinham ficado no Paraná. Ele havia enfrentado duendes, gigantes e escorpiões em uma terra desconhecida, e o mais importante, superado cada um desses desafios! Precisava acreditar em si mesmo! E se a Gema do Anhangá estava na Floresta Sombria, é para lá que iria!

CAPÍTULO 16

Após o jantar, Kaio dormiu como uma pedra. Fazia dias que não repousava de barriga cheia em uma cama confortável como aquela. Sonhou com o Anhangá e sua volta a São Paulo. Quis ficar mais um pouco na cama na esperança de continuar sonhando com sua casa, mas desistiu ao perceber que não conseguiria dormir de novo. Levantou-se e sentiu-se renovado. Não apenas seu corpo parecia revigorado, mas também seu espírito. Talvez fosse a cama, a comida ou a magia daquele lugar, mas jurava que aquela noite tinha compensado por todas outras mal dormidas. Deu uma volta pela casa e não encontrou ninguém. Apenas a mesa da noite anterior montada com algumas frutas, mel e pães. Supôs que seus companheiros já tivessem tomado o desjejum. Beliscou um pedaço de pão e saiu da casa.

— Kaio! Pensei que você não iria acordar mais! Na sua terra, vocês sempre dormem até tarde assim? — falou uma voz conhecida.

— Luca!!! — exclamou feliz por ver o amigo saudável, sentado em um banco de madeira perto. Correu até ele e o abraçou.

Apesar de já saber que ele ficaria bem, vê-lo com os próprios olhos falando, sem palidez, febre ou veias saltitantes, foi reconfortante.

— Não precisa ficar pegajoso! — queixou-se Luca com um grunhido.

— Desculpa, você realmente me assustou! Por um momento cheguei a pensar... — e deixou sua voz padecer.

— Eu sei... não precisa mais se preocupar. Ainda sinto meu corpo fraco, dores em todo lugar e a feiticeira falou que vou precisar ficar alguns dias de repouso antes de conseguir voltar a viajar, mas me sinto muito melhor! Se vocês não tivessem me trazido aqui rapidamente, não sei o que aconteceria.

— Ainda assim, não consigo evitar me sentir um pouco culpado. Se não fosse por mim e minha busca pela feiticeira, você nunca precisaria enfrentar isso.

— Se não fosse por você, eu ainda estaria trabalhando o dia todo para Berto e Fred — disse Luca com um sorriso.

— Mesmo assim... — falou Kaio, de cabeça baixa.

Naquele momento, desejou convidá-lo para acompanhá-lo até a aldeia de Alanoude e a busca pela Gema de Anhangá, mas o pedido não conseguiu se tornar voz em sua boca. De alguma forma, não achava justo demandar mais essa tarefa do amigo. Ele já tinha se exposto por tantos perigos por uma luta que nem era sua.

— Você viu Yara? Preciso falar com ela — falou, por fim.

Luca levantou uma sobrancelha e acenou com a cabeça para algumas árvores distantes onde Yara treinava tiro ao alvo com seu arco.

— O que você precisa falar com ela?

— Sobre um acordo nosso — respondeu Kaio pensando em como explicaria a situação de seu celular.

— Ela falou algo sobre mim? — perguntou Luca, com os olhos cheios de expectativa.

— Você a conhece. Ela não falou muita coisa. Mas tenho certeza que ficou bem preocupada com você. Entrar na frente daquele golpe, com certeza funcionou melhor que a flor. — Sorriu e se afastou em direção à amazona.

Seus passos até a garota foram lentos e sua respiração foi ficando cada vez mais pesada ao se aproximar dela. Os últimos dias foram agitados e até o momento Kaio não teve oportunidade de conversar com ela sobre tudo o que aconteceu, e sabia que devia muitas explicações. A começar, pelo celular descarregado. Não havia carregador em Bravaterra e o aparelho era parte fundamental do acordo que tinha fechado com a amazona. Ela o levaria até a feiticeira da floresta em troca do smartphone. E, claro, esse não era o único problema. Apesar de estar decidido a obter a Gema do Anhangá, mesmo sozinho, Kaio bem que gostaria que Yara o acompanhasse. Ela entendia muito sobre viagens, acampamentos e criaturas. Além de ter aprendido a apreciar sua companhia, assim como a de Luca. Considerava-os como amigos e os queria por perto. Infelizmente sabia que Luca não poderia continuar o trajeto por causa de sua saúde, então lhe restava ainda um pouco de esperança de convencer Yara, de alguma forma, a ir com ele.

Kaio acenou com a mão e soltou um tímido "oi".

— Oi — repetiu Yara secamente, removendo as flechas de uma árvore.

— Posso falar com você? — perguntou encabulado.

A garota deu alguns passos para trás e encaixou outra flecha no arco.

— Certo, deixa eu explicar...

— O que tem para explicar? Você me enganou! Me prometeu o celular e agora ele não funciona mais! Foi o que você disse na floresta! Nós tínhamos um acordo! Devia ter te deixado com os duendes, vocês se merecem. E pensar que eu e o Luca quase morremos por sua causa.

Kaio abanou as mãos em resposta negativa.

— Não é bem assim! Você está entendendo errado! O celular ainda funciona, só tem um problema...

Yara franziu a testa.

— Como assim?

— Os celulares possuem um limite de tempo que eles conseguem ficar ligados. Quando termina esse tempo, eles desligam sozinho. — Mostrou a tela preta. — E para ele ligar de novo, é necessário recarregar sua energia.

— Então só precisa colocar energia nele para funcionar?

— Sim, exatamente. O problema é que o carregador não está aqui, ficou no meu mundo. Por isso que não consigo fazer ele funcionar...

— Que tipo de energia é essa que ele precisa? Temos muitos tipos de energia em Bravaterra. Talvez uma delas funcione.

— Energia elétrica, não sei se tem isso aqui — falou sem muitas esperanças.

— E quanto ao que você falou para o rei gnomo? Que apenas você conseguiria usar ele?

— Eu estava me referindo à senha! Todo celular tem uma senha e sem ela, o aparelho não funciona. Você não precisa se preocupar com isso, eu iria te passar a senha. É só desenhar um Z na tela. — Mostrou o símbolo no ar com seu dedo.

— Hmmm... então se eu conseguir energia e desenhar esse símbolo, o aparelho vai funcionar normalmente?

Kaio concordou com a cabeça.

— Ok! — falou Yara, estendendo a mão. — Me dê o celular. Eu darei um jeito com o negócio da energia.

Apesar de Kaio não ver muitas alternativas para recarregar o aparelho em Bravaterra, fez como ela pediu. Não podia negar que o caminho até ali trouxe muitas surpresas e assim tinha aprendido a não excluir nem as mais improváveis possibilidades.

— Então, nosso trato está cumprido?

— Sim! Eu te trouxe até aqui e você me deu o celular, como prometido.

— Certo... — falou Kaio, contraindo a mandíbula.

— Quando nós partimos? — perguntou Yara.

— Nós? Como assim? — questionou, confuso.

— Você desistiu da gema? Eu e o Luca vamos com você até Alanoude! — afirmou Yara como se fosse a coisa mais óbvia do mundo.

— Vocês vão? — questionou, boquiaberto.

— Claro que sim! Você é nosso amigo agora, não é? — A amazona ruborizou. Kaio conseguia ver em seu rosto que ela não costumava falar coisas assim. — Amigos cuidam uns dos outros, não foi o que você disse? Quando falei sobre a gema, Luca insistiu em realizar a viagem apesar da recuperação. Além do mais, Cassandra disse que se eu for com você, provavelmente verei muito mais magia com meus próprios olhos, e que ao final, pode me dar o pingente de magia. O último que falta para eu virar uma Guerreira Amazona!

— Isso é incrível! — celebrou Kaio, entusiasmado, abraçando a amazona e depois soltando-a rapidamente ao perceber que ela não retribuiu o gesto.

— Quando nós partimos? — repetiu a pergunta.

— Acho que assim que o Luca ficar bom — decidiu Kaio.

— Ótimo! Então, vamos ter tempo para treinar. Pegue sua espada. Eu vou te ensinar a se defender. Se alguma coisa acontecer, preciso saber que posso contar com você.

Kaio, entusiasmado com a ideia, acenou positivamente com a cabeça e correu para buscar sua espada. No caminho, notou um olhar emburrado de Luca, que virou o rosto e adentrou a casa. Por um minuto, ficou com a sensação de que o olhar foi direcionado a ele, mas afastou essa ideia. Não fazia sentido. Talvez fosse ainda um mal-estar do veneno. De qualquer forma, Kaio não conseguiu deixar de sorrir. As coisas foram muito melhores do que ele imaginou que seriam. Luca estava se recuperando. Yara havia aceitado o seu pedido de desculpas. E o mais importante: seus amigos continuariam a jornada com ele! Então, pelo menos naquele dia, Kaio não tinha motivos para reclamar.

CAPÍTULO 17

Cassandra aconselhou Luca a repousar por pelo menos quatro dias e foi justamente o que fizeram. Kaio e seus companheiros permaneceram na casa da feiticeira antes de continuarem viagem a fim de recuperarem suas forças. Foram dias tranquilos e sem grandes emoções. Kaio terminou passando bastante tempo com Yara, que o treinava arduamente no combate com espada. Pôde aprender a melhorar sua postura, como segurar a espada de uma forma correta, além de alguns truques para um duelo. Claro que nada daquilo foi suficiente para vencer uma luta contra Yara, mas Kaio já não se sentia mais tão indefeso. Na verdade, estava ansioso para testar suas novas habilidades. Luca, por outro lado, ficou em repouso todos os dias, às vezes acompanhava os treinamentos de longe e de cara emburrada. Provavelmente por não poder realizar muitos esforços, imaginou Kaio. Contudo, não havia o que fazer. A feiticeira tinha alertado que ele não podia elevar de maneira demasiada seus batimentos cardíacos, pois isso poderia espalhar novamente o veneno pelo corpo. Então não lhe restou muita opção além de ficar sentado assistindo Kaio e Yara juntos.

Aliás, quanto à feiticeira, Kaio quase a não viu. Apesar do desejo de fazer mil perguntas sobre magia e feitiços, ele não conseguiu conversar com ela tanto quanto gostaria. Cassandra parecia sempre estar ocupada com algo importante e quase não ficava em casa. Às vezes saía de manhã, antes de todos acordarem, e retornava apenas ao anoitecer. E assim, os dias voaram, trazendo um repouso para a jornada dos três amigos.

— Vocês já vão embora? Parece que quase não os vi — falou Cassandra. — Talvez eu não tenha sido uma boa hospitaleira nos últimos dias. Peço desculpas por não ter sido muito presente.

— Não peça! — falou Yara. — Você fez muito por nós.

— Me curou do veneno — disse Luca.

— Me ensinou como voltar para meu mundo! — acrescentou Kaio.

— Abriu sua casa para nós — complementou Yara.

— E não podemos esquecer desta cesta de bombons e comida para a viagem — finalizou Kaio.

A boca de Cassandra curvou-se em um sorriso.

— Vocês estão sendo bondosos. Infelizmente, não poderei lhes acompanhar nessa jornada, tenho muitos negócios a resolver nos próximos dias. Porém, espero que nossos caminhos venham se cruzar logo, dessa vez com a Gema do Anhangá, será um prazer invocar um feitiço de retorno e te ajudar a ir para casa, Kaio.

— Assim espero! Eu vou conseguir achar essa pedra e trazer até você! — afirmou confiante.

— Acredito em sua palavra. Não perca esse espírito, a maioria das nossas batalhas apenas serão vencidas se acreditarmos na vitória. — A feiticeira apontou para uma canoa atracada na margem do rio perto da sua casa e mudou de assunto: — Podem usar meu barco para navegar pelo Rio Veloz e evitar a floresta. Dessa forma, devem chegar em Porto Esbravaldo em dois dias e de lá poderão seguir viagem a pé até a Floresta Sombria. Tenho muitos amigos no porto, podem dizer que eu os enviei e eles os receberão bem.

A feiticeira sorriu mais uma vez para eles e acrescentou: — Vocês irão se sair bem.

— Não há outra forma de chegar na cidade? — perguntou Kaio olhando para a canoa, receoso.

— Vocês podem atravessar a floresta — falou Cassandra. — Mas tornaria a viagem muito mais longa, levariam mais de uma semana para chegar, sem contar as criaturas da selva. Não os aconselharia.

— Entendi...

— Acho que é hora de dizer adeus — falou Luca com um tom entristecido. — Obrigado por cuidar de nós.

— Não é um adeus e, sim, um até logo — corrigiu Cassandra.

Kaio se aproximou da canoa de madeira e a balançou com uma das mãos. A embarcação parecia pequena e frágil, e não foi necessário muito esforço para agitá-la.

— É realmente seguro esse troço?

Yara examinou com seus olhos e depois alisou a madeira com suas mãos.

— Não teremos problemas com ela.

— Aí está uma amazona de verdade! — falou Cassandra, sorrindo. — Não se preocupem com a canoa, ela é firme o suficiente para descer o rio. O começo é um pouco agitado, mas depois a correnteza perde força. Tenho apenas dois conselhos para vocês: em primeiro, se mantenham sempre à direita do rio. Mais abaixo há uma bifurcação e é importante que desçam pela direita para chegar até o porto! O caminho da esquerda leva ao vale onde vive... — sua voz tomou um tom sombrio — uma criatura perigosa. Vocês não vão querer passar por ali. E em segundo, façam o mínimo de barulho. Se fizerem como eu digo, certamente não terão problemas.

Kaio adentrou o pequeno barco e o sentiu balançando debaixo de seus pés. As palavras da feiticeira sobre o vale e criaturas soavam distantes e sem importância. O fato de não saber nadar parecia muito mais perigoso do que o aviso. E a falta de firmeza da canoa apenas lhe aumentava a angústia. Yara e Luca também entraram na embarcação, fazendo a canoa balançar de um lado para o outro. Kaio agarrou com firmeza as bordas de madeira e percebeu sua respiração mais pesada. Cassandra desamarrou as cordas que o prendiam a um tronco e a canoa começou a se mover. A feiticeira falou algumas palavras de despedida que Yara e Luca responderam, mas Kaio não ouvia mais o que diziam. Se concentrou apenas em permanecer do lado de dentro do barco.

Ficou pensando se atravessar a floresta não era realmente uma alternativa melhor. Talvez preferisse enfrentar outro lacrau-negro ao invés da correnteza do Rio Veloz. Até o treinamento com espadas não parecia ser muito útil no momento.

O balanço indicava que a canoa começava a ganhar velocidade. Água espirrou em seu rosto. Não tinha como voltar. Fechou os olhos. Respirou fundo.

A jornada pelo rio estava apenas começando.

O barco saltou diante da corredeira e a água encharcou Kaio. Yara gritou para todos inclinarem o corpo para a direita. Luca puxou o remo de fora do barco, trazendo-o para perto de si. A canoa ganhava cada vez mais velocidade conforme desciam o rio. Kaio não demorou para compreender por que aquelas águas foram nomeadas como Rio Veloz e não ficou nada feliz.

— Pedras à frente! — gritou Luca.

— Precisamos ziguezaguear! Peso à esquerda! — comandou Yara.

Kaio permaneceu agarrado à borda do barco e viu Luca se mover rapidamente para a outra direção.

— O que você está fazendo?! — gritou Yara enquanto engolia a água levantada pelo choque contra a canoa. — Se você não fizer o que estou falando, o barco vai virar!

Kaio tentou se mexer, mas não conseguiu. Sentiu seus músculos agarrados a qualquer superfície sólida que podia encontrar. Apenas não queria ser levado pela correnteza.

— Eu não consigo! Eu não consigo! — falou de olhos fechados.

— Você precisa!

Mal Luca terminou de falar e a canoa foi golpeada de raspão pela pedra. Os dois meninos caíram próximo à proa. Yara manteve-se agarrada à esquerda. Mais água adentrou a embarcação. Kaio levantou com dificuldade tentando se equilibrar e abriu a boca assustado vendo que havia outra pedra à frente. A garota amazona puxou seu braço com vigor o forçando a se abaixar no centro do barco. Outro golpe da pedreira atingiu a canoa, dessa vez tirando uma lasca de madeira. Luca foi atirado para fora, no impacto da batida.

— Luca!! Cadê você?! — gritou Yara tentando se erguer à procura do garoto.

— Aqui! — gritou ele em meio às águas da corredeira.

Kaio assistia a tudo com os pés colados no chão do barco, sem saber o que fazer.

A menina lançou um pedaço de corda em direção à Luca que a agarrou com unhas e dentes sendo arrastado pela canoa.

Aquele não era o fim do desafio. Kaio arregalou os olhos ao ver uma enorme cascata à sua frente e falou baixinho: — O que fazemos?

A resposta foi o que temia. Não havia como desviar ou fugir. O barco estava sendo levado rapidamente naquela direção e a amazona deu a ordem: — Segure-se.

Em segundos, Kaio sentiu seu corpo se desprender do piso e flutuar no ar. Tão rápido quanto o voo foi a gravidade o puxando novamente e a queda entre os bancos. Ao sentir o toque com a madeira, viu-se desequilibrado, a popa se ergueu e uma enxurrada de água o acertou.

Cof! Cof!

Tossiu eliminando a água que encheu seus pulmões. Pensou que era seu fim. Viu Yara apoiada na proa fazendo o mesmo e se acalmou. Então um pensamento percorreu sua mente: *Luca!*

Levantou-se e a barca balançou para direita. Sentou-se novamente com as pernas tremendo e respirou fundo. O barco balançou de novo. Porém, dessa vez não foi por sua causa. Os braços de Luca apareceram na borda. O menino estava tentando subir. Yara rapidamente se aproximou dele e o ajudou.

Embora ofegantes, estavam todos seguros.

A canoa já não se movia com tanta velocidade, haviam passado os perigos da corredeira e encontravam-se num canto mais calmo do rio. A correnteza ainda direcionava a embarcação, mas não havia pedras ou cascatas para lhes tirar o sossego.

Não que Kaio se sentisse em paz. Continuava ofegante e respirando com dificuldade, assim como seus amigos caídos de cansaço próximo a proa.

— Por que não foi para esquerda?! — questionou Luca jogando um pedaço de madeira com força na água. — Poderia ter nos matado!

Kaio abaixou a cabeça, envergonhado.

— E-eu não consegui...

Luca lançou um olhar indignado.

— O que tinha de difícil para fazer? Era só se mexer! Para outras coisas, você é super-rápido, não é?

— Do que você está falando? — perguntou Kaio, confuso.

— Eu vi como você é rápido para passar a tarde "treinando", por exemplo — Luca completou sua frase fazendo o sinal de aspas.

Os olhos de Kaio foram de Luca para Yara e de Yara para Luca, e entendeu o que ele estava falando. O rosto emburrado nos últimos dias não era por ele estar incapacitado de treinar e, sim, porque Kaio estava passando os dias próximo da garota.

— Você não pode estar falando sério?! Eu tentei te ajudar!

— Ajudar ou sabotar?

— *Psiu!* — Yara cortou os dois de forma enfática. — Fiquem quietos! Não estamos sozinhos!

— Como assim? — perguntou Kaio.

— Eu vi algo se mexendo na água enquanto os dois patetas estavam discutindo. Parece que vocês acordaram algo...

— A feiticeira não comentou nada — disse Luca.

— Comentou sim, disse para fazermos o mínimo de barulho. Mas com os dois desastrados...

Kaio engoliu em seco ao ver algo se movendo rapidamente debaixo da água, mais à frente. Não conseguiu distinguir o que era, mas não teve dúvidas que se movia em direção ao barco.

— O que nós vamos fazer? — perguntou, tomando-se pelo medo.

Aquele era o último lugar que gostaria de estar em uma briga. Até seu treinamento seria inútil ali. Não teria como usar sua espada e equilibrar-se na canoa ao mesmo tempo.

Luca e Yara abriram a boca para responder, mas não foram capazes de dizer nada. De trás do barco, ergueu-se o enorme monstro que os espreitava submerso. Seu corpo era rosado e longo como o de uma serpente, mas não tinha olhos ou nariz. Apenas uma bocarra arredondada preenchida por dentes afiados e assustadores indicando onde era sua cabeça e sua cauda.

— Um minhocão — falou Luca baixinho e depois gritou: — Um minhocão! Pulem do barco!

Kaio se apoiou na borda para pular, mas ao olhar para o rio, sentiu o estômago revirar. As águas pareciam mais profundas e imediatamente aquilo o remeteu ao episódio em seu quarto, onde não conseguiu nadar e foi arrastado até Bravaterra. Voltou a ficar ofegante e o corpo congelou. Por mais que quisesse, não conseguia soltar o barco. Virou os olhos e viu a criatura se aproximando rapidamente à canoa. Se pulasse, afogaria; se ficasse, seria engolido junto com o barco.

Procurou por um alento em seus amigos e os enxergou no rio, não muito longe, sendo arrastados pela correnteza. Não apenas isso, enxergou a bifurcação mais à frente que Cassandra os tinha alertado.

— Olhe! — gritou apontando o dedo em direção a divisão nas águas.

— Você precisa pular! — respondeu Yara enquanto se mantinha com a cabeça para fora. — O minhocão vai te atacar!

— Eu não posso! Eu não sei nadar! — finalmente confessou.

De longe, viu que Luca tentou falar algo, mas não conseguiu ouvir, apenas ver seu dedo apontando para o Minhocão. Quando Kaio se virou para a fera, era tarde demais. Como um furacão, atingiu o barco e o partiu no meio. As águas o tomaram e por um segundo ficou tudo escuro.

Pensou que tinha morrido. Tentou gritar e bolhas surgiram. Suas mãos deslizaram pela água buscando algo para agarrar. O coração apertou. Seus pulmões se encheram de água. Parecia seu fim. Submerso, avistou o minhocão não muito distante comendo os pedaços de madeira. Mexia os braços, desesperado, na tentativa de subir, mas nada. Pelo contrário, continuava afundando. Sua visão foi se apagando, então enxergou uma mão esticada e em seguida, luz.

Kaio tossiu toda água que tinha engolido e então caiu no chão, derrotado. Ao seu lado estava Luca e Yara deitados e tão acabados quanto ele. Após o Minhocão destruir o barco, foram arrastados pela correnteza e se não fosse por Luca, teria morrido afogado. O menino de Campanário foi rápido em tirá-lo do fundo do rio e encontrar um pedaço de madeira do barco que não fora consumido pelo Minhocão, para se segurar e boiar. Tiveram sorte de a criatura ficar entretida com os restos da canoa e não ir atrás deles, mas não tiveram a mesma sorte com a correnteza. Foram arrastados para a esquerda e agora se encontravam na entrada do Vale da Sentinela e mais distantes do seu destino.

— Isso não fazia parte do plano — comentou Luca, lentamente.

— Até agora o que fazia parte do plano? — perguntou Yara com uma leve ironia na voz.

— Pelo menos vocês estão em seu mundo — completou Kaio. — Eu só quero ver minha mãe — sussurrou para si mesmo de rosto na terra.

A viagem de barco, apesar de encurtada pelo Minhocão, foi a gota d'água para Kaio. Ser arrastado pela correnteza, lutando pela própria vida para respirar, finalmente o levou à exaustão e a ser tomado pelo mau humor. Se antes começava a se animar com a vida em Bravaterra e suas aventuras, agora só queria um banho quente e seu colchão para uma longa noite de sono, e quem sabe ficar acariciando Bob.

— Precisamos ir andando. Já está anoitecendo — falou Yara, tirando-o de seus pensamentos.

— Não podemos simplesmente acampar aqui? — questionou Kaio, sem se mover.

— Não. Perdemos nossos suprimentos. Quase tudo que tínhamos foi levado pela água. Você não é o único cansado. Vamos nos mexer. Quanto mais rápido encontrarmos um lugar, mais rápido podemos descansar.

Kaio revirou os olhos, odiava saber que ela estava certa.

— E ir para onde? — disse Luca, franzindo o cenho. — Nós fomos arrastados para o lado errado. Dar a volta no rio levaria dias, e, bem... — engoliu em seco. — Vocês lembram o que a Cassandra falou sobre o vale, não lembram?

— "Vive uma criatura perigosa" — Kaio se levantou repetindo as palavras da feiticeira. — Se voltarmos, precisamos enfrentar o minhocão para atravessar o rio. *Se correr o bicho pega, se ficar o bicho come.*

Yara mostrou uma careta confusa.

— O quê? Que bicho? O minhocão não vai conseguir correr atrás de nós.

— Eu não estou falando do minhocão — respondeu tentando sorrir forçadamente. — É uma expressão. Quer dizer que todas as opções são ruins.

— "Se correr o bicho pega, se ficar o bicho come" — repetiu Yara baixinho, enquanto um olhar de compreensão atravessava seu rosto.

— Então precisamos escolher entre o minhocão ou a criatura desconhecida? — resumiu Luca.

— É o que parece — concluiu Yara.

A ideia de voltar ao rio não agradou muito Kaio, que rapidamente se adiantou para falar:

— Eu prefiro descer o vale. Eu não sei nadar... — Abaixou a cabeça, envergonhado. — Então estaríamos em desvantagem na água. Sem contar que temos certeza que o minhocão vai estar nos esperando. Quanto à criatura do vale, talvez ela nem esteja mais aqui. Vai saber qual foi a última vez que a feiticeira andou por essas bandas...

— Nada a ver! — rebateu Luca. — Deveríamos voltar. Pelo menos estaremos preparados, agora se formos pelo vale, não sabemos o que tem pela frente. Pode ser algo muito pior. Não é muito difícil nadar, você aprende...

— Eu bem que gostaria! Mas não sei se aprender sabendo que tem uma minhoca gigante no rio seja uma boa ideia! — respondeu, irritado.

— Você que nos meteu nessa, para começo de conversa! Se tivesse feito o que pedimos, talvez o barco estivesse inteiro!

— Não fui eu quem acordou o minhocão com minhas reclamações!

— Eu só reclamei porque você me deu motivo!

— PAREM OS DOIS! — gritou Yara. — Está escurecendo e essa discussão não está ajudando em nada. Precisamos nos mover. Vocês votaram, agora é minha vez. Eu decido o que vamos fazer.

Os dois meninos voltaram os olhos ansiosos para a garota, que mostrava uma careta desconfortável.

— E o que vai ser? — perguntou Luca.

Yara cerrou os dentes.

— Vamos pelo vale.

— O quê? Por quê?! — murmurou Luca.

— Não vai adiantar nada chegar em Alanoude se o Kaio morrer afogado antes. Além disso, será mais rápido continuar em frente do que dar a volta.

— Não vai adiantar nada se morrermos todos — desabafou Luca baixinho, de cara emburrada, lançando um longo olhar esguio para Kaio.

Apesar da reclamação, Luca ficou em silêncio quando partiram em direção ao vale. Kaio logo entendeu por que o chamavam de Vale da Sentinela: duas altas montanhas se erguiam uma em cada lado rio como se os vigiassem e assim, um caminho se formava à margem do afluente. De acordo com os mapas que viram na casa de Cassandra, seguindo por essa travessia, deveriam dar a volta na montanha e cair perto do porto. Não demorou muito para o Sol se esconder atrás do cume e escurecer. Pelo menos era uma noite estrelada e a Lua crescente brilhava intensamente na paisagem, o que proporcionava luz suficiente para continuarem a caminhada por algum tempo. O suficiente para alcançarem um chalé solitário, logo quando sua barriga começava a roncar.

O chalé era todo de madeira e isolado. Não havia nenhuma outra construção por perto ou sinal de vida. Kaio e seus companheiros se aproximaram receosos da pequena casa. Examinou a janela e não viu ninguém dentro da construção. Até mesmo a lareira parecia não ser usada há muito tempo. Então Kaio concluiu, sorridente, que se tratava de uma casa abandonada. Estava preocupado em passar a noite a céu aberto, sem os suprimentos que traziam no barco, pois as noites muitas vezes eram frias em Bravaterra e ter um teto lhe trouxe um respingo de conforto. Sem contar que talvez tivesse algum resto de comida, pois estava faminto, tudo que tinham separado para a viagem foi levado pelas águas, até os deliciosos doces de Cassandra que estava ansioso para abocanhar.

Nem sequer cogitou a ideia de perder aquela oportunidade e foi até a maçaneta da porta quando foi interrompido por um sussurro indignado de Luca: — O que você está fazendo?!

— Eu vou entrar, ué. Não estávamos procurando um lugar para ficar? Que lugar é melhor do que uma casa?

— E se for uma armadilha? A feiticeira alertou sobre coisas perigosas na floresta — argumentou Yara.

Até poderia ser uma armadilha, mas naquele ponto, Kaio já não se importava mais. Além de precisar lidar com o ciúme de Luca — que até agora lhe parecia um absurdo, pois nunca traíra um amigo —, estava cansado de enfrentar um perigo atrás do outro e não via luz para o fim desse túnel tão cedo. Dormir a céu aberto e com as roupas ainda molhadas era menos atraente do que o risco de ser descoberto nessa casa. E tudo que Kaio queria era apenas um lugar para encostar e fechar os olhos, então ignorou as ressalvas dos amigos e adentrou a casa.

Yara e Luca o seguiram com cuidado e examinaram o lugar em busca de armadilhas ou sinais de que alguém esteve ali nos últimos dias. Encontraram apenas algumas panelas vazias e mobílias da casa. Nada que trouxesse algum sinal de urgência. Yara dividiu alguns pães que havia conseguido salvar colocando dentro de sua aljava. Estavam mais úmidos do que Kaio gostaria, mas foi suficiente para não dormir de barriga vazia. Depois, foram descansar e recuperar suas forças. Naquela noite, ninguém quis permanecer na vigília. Queriam apenas o fim daquele úmido e fatídico dia.

CAPÍTULO 18

— O que vocês estão fazendo aqui? Essa é minha casa! — bradou.

Kaio se levantou com um susto ao escutar a voz grave e ver um homem alto diante de si. Não era apenas alto, mas tinha uma aparência assustadora; parte de sua camisa estava rasgada mostrando os pelos escuros do corpo e três cortes aparentemente feitos por garras atravessavam seu peito; seus cabelos longos e negros alcançavam quase a cintura; seu rosto se escondia atrás de sua barba espeça e desgrenhada; os braços eram fortes e os ombros largos. Se o visse de longe, Kaio poderia confundi-lo com um urso. Empunhava um enorme facão na mão direita. Uma figura temível.

— Eu não vou repetir. O que vocês estão fazendo aqui?!

— N-nós achamos que estava abandonada — respondeu Luca, abanando as mãos.

— Não está! — afirmou franzindo o cenho, cravando o facão na parede de madeira, onde Kaio percebeu já haver várias outras marcas.

— Só precisávamos de um lugar para passar a noite — acrescentou Yara. — Não queremos confusão.

— Pois encontraram. O vale não é lugar para crianças.

— Eu sou uma Aurimim — respondeu Yara, vermelha. — Não uma criança.

— Até onde eu sei, Aurimim é como as amazonas chamam suas crianças! — rosnou.

— Nós só queremos atravessar o vale para chegar no porto. Desculpa por invadir sua casa. — Kaio tentou apaziguar a situação ao perceber que além de assustador, o homem não era fácil de lidar.

— Vocês querem atravessar o vale? Sozinhos? — E caiu na gargalhada deixando as linhas que marcavam sua expressão endurecida desaparecer. — Essa piada foi boa. Atravessar o vale! — Terminou de rir limpando uma lágrima de felicidade que escorreu enquanto zombava das crianças.

Os três se entreolharam, sem saber o que dizer.

— Exatamente. Atravessar o vale... Nós vamos indo, então? — falou Luca, já quase alcançando a porta da rua.

O homem deu uma longa examinada nos três e seus olhos se arregalaram tomado pelo espanto.

— Vocês estão falando sério? Querem atravessar o vale sozinhos?

— Sim. Precisamos ir até o porto o mais rápido possível — reafirmou Kaio. — Não temos muita escolha. Senhor...

— Meu nome é Borubor — respondeu. — Vocês não deveriam estar aqui. O vale é perigoso, existem outros caminhos mais fáceis até a cidade.

— Nós estávamos descendo o rio, mas nossa canoa foi destruída pelo Minhocão e depois fomos arrastados pela correnteza — explicou Yara.

— Aquele bicho ainda vive ali? Hmmm... Preciso passar naquela região depois.

— Por que você está ferido? — perguntou Kaio, curioso pelas marcas no peito dele. — Você estava caçando?

Borubor olhou para o corpo ainda sangrando devido aos cortes.

— Há! Tinha me esquecido disso. Não é nada. Eu quase o tive em minhas mãos! — falou como alguém que acerta uma bola na trave.

Que tipo de animal conseguiria ferir esse homenzarrão? Preferiu não perguntar. Não queria estender a conversa. Apesar do tom mais ameno do caçador, o facão na parede próxima a ele ainda tirava sua paz. Quanto mais rápido saíssem daquela casa e botassem os pés para fora dali, melhor seria.

— Não queremos atrapalhar sua caçada. Estamos indo.

— Nada disso — retrucou o caçador, de forma séria. — Você não escutou o que eu disse? Esse lugar não é para crianças. Se vocês quiserem atravessar o vale, eu acompanharei vocês!

— E você não escutou o que *eu* disse? Não sou uma criança! — repetiu Yara, brava.

— Como você quiser, Aurimim! — respondeu dando o que parecia a tentativa de um sorriso simpático. Se não fosse o rosto bruto, talvez teria funcionado melhor. — Mas o fato é que vocês não vão sozinhos.
— Seu tom de voz deixava bem claro que ele estava falando sério. — Alguém está com fome? Nada como começar o dia com um bom desjejum.

Kaio, que estava quase pulando para fora da casa, ao ouvir falar de comida, deu meia-volta e trocou um olhar com seus companheiros. Os três quase não haviam se alimentado desde o dia anterior, apenas os restos de pães que Yara tinha conseguido salvar.

A barriga de Luca roncou quebrando o silêncio no chalé.

— Foi o que pensei — falou o caçador acendendo a lenha debaixo do panelão de ferro. — Não se preocupem, não vai demorar.

Não houve discussões. Embora a refeição não tenha sido preparada tão rápido quanto Borubor prometeu, ninguém reclamou do ensopado de peixe. Até Luca, que geralmente era mais exigente com os temperos e especiarias, elogiou o prato do caçador.

Após encherem a barriga, sentiram-se mais fortes para continuar a viagem e seguir vale adentro, o que não tardaram a fazer.

Além disso, Borubor mostrou como as primeiras impressões podem enganar. Se a primeira opinião de Kaio a respeito do caçador era dele ser um cara bruto e assustador, ao longo da caminhada, provou-se o contrário. O caçador gostava de falar, especialmente se gabar, e compartilhou algumas de suas histórias, muito orgulhoso de seus feitos. A maioria delas envolvia animais e criaturas gigantes com dentes afiados e vitórias no último instante. Kaio, embalado pelos feitos do caçador, contou de quando enganou o Gorjala e derrotaram o Fogo-morto, e ficou feliz de poder ter suas próprias vitórias para compartilhar.

A princípio, a estrada parecia tranquila. Quanto mais adentravam o vale, mais as montanhas se aproximavam tornando a trilha estreita. O rio que antes era espesso e descia rapidamente, agora parecia um córrego procurando um local para desabar. E foi no final do dia, enquanto o sol desaparecia no Oeste, eles encontraram seu primeiro problema: o caminho estava bloqueado! Uma barragem de troncos impedia de seguir a jornada através da rota entre as montanhas e começava a acumular uma pequena piscina à sua frente.

— Isso não deveria estar aqui — falou Borubor, de forma sombria.

— Não tem como escalarmos? — indagou Luca, enquanto respondia à própria pergunta ao tentar subir e terminar escorregando e caindo com a bunda no chão, o que resultou em uma curta gargalhada do Borubor.

— Quem será que bloqueou o caminho? — perguntou Yara olhando ao redor atrás de alguma pista. — Existem outras pessoas vivendo no vale?

— Talvez alguém quisesse barrar o rio — sugeriu Kaio, vendo Luca tirar o limo da calça.

O caçador apalpou a madeira, examinando os troncos com cuidado.

— Isso não foi obra de humanos — concluiu ao mostrar três cortes na madeira como as garras no seu peito.

Borubor não precisou falar mais nada para Kaio entender que a caça se tornara o caçador. Seja lá o que ele estivesse caçando na noite anterior, estava mais próximo deles do que nunca. Um frio percorreu seu corpo. *Será que estamos sendo vigiados pela fera?* Num primeiro instante, Kaio havia ficado feliz de terem a companhia de um homem daquele tamanho, que apesar de ter o cabelo mais longo do que qualquer outra pessoa que ele havia conhecido, sua robustez demonstrava que era páreo para muitas adversidades daquele vale. Mas depois de saber de algumas histórias do homem barbudo, não lhe agradava a ideia de enfrentar algo que até mesmo o caçador não tinha conseguido capturar.

Num ímpeto, empunhou a espada como Yara o ensinou. Pronto para qualquer perigo.

— Com o que estamos lidando? — sussurrou Yara, sacando seu arco com um tom de apreensão em sua voz.

Borubor contraiu a mandíbula.

— O animal mais perigoso do vale. Um demônio tão mortal que dizem que é capaz de usar sua língua para sugar todo o sangue de uma criança.

— Um capelobo — concluiu Yara com os olhos arregalados e um tom de preocupação na voz que Kaio jurou reverberar pelo vale.

— Um capelobo — repetiu Kaio baixinho, de forma automática, tentando imaginar como seria a fera descrita pelo homem. Nunca tinha ouvido falar de um, e preferia continuar sem saber o que era.

— Ele está por perto, posso sentir! — sussurrou o caçador em um tom que Kaio não soube identificar se era excitação ou temor.

Embora a noite não estivesse exatamente escura devido à lua cheia radiante no céu, qualquer pequeno som tirava arrepios de Kaio. Seu coração quase saltou ao simples galhofar das árvores devido ao vento. Ele não era o único preocupado, é claro. Yara andava com o arco em mãos e uma seta pronta para disparar, enquanto Luca havia se enrolado em sua capa gnômica e Borubor tinha seu facão empunhado à frente do corpo.

— O que nós vamos fazer? — perguntou Luca olhando para todos os lados com medo de um ataque surpresa.

— É caçar ou ser caçado — falou o adulto. — Nós não conseguiremos derrubar essa barragem agora e avançar. Precisamos abater a fera. Ele pode estar em qualquer lugar.

Ao dizer as últimas palavras, uma coruja piou fazendo Luca pular com o susto.

— Por que não podemos ter uma viagem em paz, uma vez na vida? — murmurou.

— Qual seria a graça da vida sem uma aventura? — gargalhou Borubor, fazendo sua risada ecoar pelo vale.

— Não podemos voltar? — sugeriu Yara. — Talvez pegar um caminho diferente?

— Não existe outro caminho sem escalar a montanha. O que também seria muito perigoso à noite. A besta pensou em tudo. Esta é uma armadilha. Se voltarmos, vamos dar de cara com ele. Sem contar o risco de dispersamos.

— Então vamos ficar aqui parados? Esperando ele? — disse Kaio boquiaberto e descrente da situação.

— É nossa melhor chance — finalizou o caçador. — Estejam preparados para o combate.

Apesar da tensão inicial, as horas foram passando e não houve sinais do Capelobo. Aos poucos, a sensação de perigo era substituída pelo sono. E mesmo com todo o alerta que tiveram, Luca acabou adormecendo, apoiando as costas na barragem. Até mesmo Yara tinha bocejado algumas vezes, demonstrando seu cansaço. Kaio lutava contra o sono, às vezes apoiando sua cabeça em uma árvore próxima e tirando rápidos cochilos mal dormidos devido à preocupação da criatura aparecer e ele estar inconsciente. Naquela hora da madrugada, Kaio já não tinha mais tanta certeza se foi o Capelobo que levantou a barragem ou se não passava de uma infeliz coincidência. Só queria dormir e ver a luz do amanhecer o quanto antes.

O caçador parecia o único não incomodado a passar a noite em claro. Seus olhos amarelos permaneciam abertos e atentos a tudo que acontecia ao seu redor. Kaio pensou em falar alguma coisa para ele, mas não encontrou nenhuma palavra, apenas um bocejo.

— Você deveria descansar — comentou Yara. — Essa noite ainda está longe de terminar.

— Você acha que o Capelobo está à espreita? — perguntou tentando manter-se com os olhos abertos.

A menina amazona deu de ombros.

— Posso te perguntar uma coisa? — disse Yara se remexendo.

Kaio confirmou com um aceno.

— Por que você e o Luca estão agindo estranhos?

— Como assim? — respondeu, espantado.

— Nos últimos dias vocês têm discutido mais do que a viagem toda. E eu vi como você me olhou quando brigaram na canoa. O que foi aquilo?

Kaio engoliu em seco e ficou satisfeito por não estar tão próximo dela, assim conseguia disfarçar seu embaraço. Era verdade que desde o incidente com as flores que não deu muito certo e os longos treinamentos com Yara, Luca estava sendo mais frio com ele. Porém, mesmo assim, considerou que não convinha falar sobre isso com ela. Independentemente de qualquer coisa, ele era seu amigo e não podia trair sua confiança.

— Não se preocupe com isso. Coisas de meninos, eu acho — finalmente falou.

Não conseguiu distinguir a reação de Yara devido à névoa que se formava, mas não tinha dúvidas que não era bem a resposta que ela desejava.

— O que você vai fazer depois de ganhar seu pingente? — mudou de assunto.

— O mesmo que você. Voltar para casa — respondeu Yara, baixinho. — Encontrar minha mãe e irmãs.

— Você tem irmãs? Você nunca comentou — disse Kaio, interessado.

— E você nunca perguntou. Não tinha por que eu falar antes — explicou como se fosse a coisa mais óbvia do mundo.

— Talvez você tenha razão — respondeu com outro bocejo.

Kaio se levantou e foi até a margem do riacho que escorria até a barragem para lavar o rosto. Ele vinha fazendo isso de hora em hora para se manter acordado. Se agachou com cuidado e com as duas mãos fez uma concha juntando a gelada água e jogando em sua própria face, despertando-o. Embora não fosse suficiente para tirar seu sono, ajudava a combatê-lo pelo menos um pouco. Com o antebraço, secou o rosto e percebeu uma figura se movendo na água, um pouco distante. Não conseguiu distinguir exatamente o que era devido a escuridão, mas sentiu os pelos do corpo se eriçando e os músculos se enrijecendo de tensão.

Pegou uma rocha no chão e a lançou na direção do borrão. A pedra afundou fazendo pequenas ondas deformando a imagem no riacho. Suspirou aliviado e deu um passo para trás. Então, um lampejo percorreu sua mente e seu coração disparou. Era um reflexo. Olhou para cima a tempo de ver o vulto escuro saltando de uma árvore como um foguete na direção de Luca.

— CAPELOBO! — gritou Kaio sem pensar duas vezes a tempo de ver os olhos vermelhos da criatura que tomou Luca com suas longas garras, como quem segura um brinquedo, e trepou em uma árvore com tamanha velocidade que Kaio quase não conseguiu acompanhar seus movimentos.

Tudo aconteceu tão rápido que Kaio viu apenas de relance Yara disparando uma flecha que passou longe do alvo. Talvez por medo de atingir Luca, que gritava descontroladamente enquanto era levado. A criatura assustadora e de olhos vermelhos como um demônio saltou de uma árvore para outra e depois adentrou a neblina, desaparecendo pela noite.

— Eu te pego! — berrou Borubor em cólera, partindo em perseguição atrás da fera e se tornando invisível em meio às brumas.

— O que você está esperando? Vamos logo! — disse a garota com o arco em mão e seguindo o caçador em direção à espessa névoa.

Apesar de ouvir a voz de Yara o chamando, Kaio não conseguiu se mover de imediato. Embora tivesse treinado suas habilidades de espadachim, ainda não tinha o mesmo instinto de guerreiro que seu companheiros e seu momento de hesitação foi mais do que suficiente para perdê-los de vista na escuridão da noite. E assim, em poucos segundos, estava sozinho no coração do vale e perdido na neblina.

Gritou pelo nome dos amigos, porém não obteve resposta.

— É claro que nos dividimos — reclamou Kaio baixinho, sabendo que a culpa era sua, mais para preencher o silêncio que voltava a tomar conta do vale do que na esperança de alguém o ouvir. — Isso nunca dá certo, parece como nos filmes. Não pode separar o grupo!

Respirou fundo para se acalmar e tentar pensar em alguma coisa. Não adiantava recuar, apenas daria de frente com a barragem de novo. Precisava de alguma forma reencontrar seus companheiros, e o mais importante, encontrar Luca, antes que fosse tarde. Não gostava nem de imaginar o que o Capelobo poderia fazer com ele. "Uma língua capaz de sugar todo sangue de uma criança", falou Borubor mais cedo. Aquela imagem o fez estremecer.

Olhou em volta e devido à neblina que havia se tornado mais densa. Não conseguiu encontrar nada que o ajudasse. Tentou mais uma vez chamar por Yara e pelo caçador, mas parecia ser tarde demais. Não achou que seria muito esperto simplesmente andar em frente sem direção, então decidiu subir a colina do vale na tentativa de driblar as brumas.

A espada empunhada, que não teve coragem de abrir mão, tornava a escalada íngreme ainda mais difícil do que pensava. Sem uma trilha ou caminho para seguir, tentou se agarrar nas pedras da montanha e logo percebeu se tratar de um esforço inútil ao rolar morro abaixo e cair de rosto no chão, com sua espada perigosamente a poucos centímetros de sua cabeça.

Ao se levantar, ficou grato por ninguém ter visto o tombo que levou, mas logo mudou de opinião ao enxergar a figura assustadora que o perseguia bem na sua frente: os braços longos e peludos, quatro garras tão afiadas quanto as de um urso em cada pata e uma língua longa e diabólica como a de um tamanduá.

CAPÍTULO 19

Ali, diante de si, estava a horrenda criatura. Porém, para ser sincero, não era bem o que Kaio esperava. Embora se encaixasse na descrição do Capelobo, com suas pernas humanas e peludas, e a língua comprida, não era o mesmo que tinha visto alguns minutos antes, levando Luca entre os braços. Era apenas um filhote. Um pequeno Capelobo. De pé, a altura mal passava a sua. E apesar das garras assustadoras e das histórias sombrias sobre a criatura, Kaio não teve medo dele. Pelo contrário, o Capelobo parecia mais incomodado com a presença de Kaio do que o inverso.

— Você também... está perdido? — perguntou Kaio, com uma voz suave. A mesma voz que usava quando tentava chamar a atenção de Bob. — Talvez a gente possa se ajudar.

Deu um passo à frente, mas o animal mostrou as garras em resposta.

— Calma, calma! — falou Kaio, abanando as mãos. — Não quero te fazer mal. Apenas achar meus amigos e ir embora.

Tentou se aproximar de novo e mais uma vez, o filhote reagiu mal à sua presença. Então, Kaio captou um pequeno olhar dele para a sua espada.

— Isso que está te assustando? — perguntou enquanto a guardava na bainha. — Pronto, não tem nada para se preocupar agora.

E assim, na terceira tentativa, conseguiu se aproximar do Capelobo e encostar-lhe no focinho. A criatura reagiu lambendo o próprio nariz onde o menino tinha relado.

Kaio deu uma pequena risada com a cena.

— Você é um animal engraçado. Não acho que use sua língua para beber sangue de crianças.

O Capelobo, parecendo mais confortável com a presença do menino, esticou a pata o apalpando também, e o arranhado de leve com as garras.

— Você está fazendo cócegas — comentou rindo enquanto afastava as patas peludas do animal. — Então, você sabe onde posso encontrar meus amigos? — perguntou sem muita esperança. A criaturinha apenas o olhou, sem mostrar sinais de compreensão. — Pelo visto, não. Eu acho que vou indo, então. Não quero que seu pai ou sua mãe me encontrem aqui — falou ao se levantar, mas antes de conseguir dar um passo sequer, caiu para trás ao trombar repentinamente com uma pedra.

Na verdade, como percebeu, não era uma pedra, pois havia pelos em todo lugar. Tratava-se de uma perna! Uma perna forte e robusta.

Kaio engoliu em seco ao perceber que o Capelobo adulto o encontrara mais cedo do que gostaria. O animal com corpo de homem e cabeça de tamanduá o encarava com seus olhos vermelhos e garras afiadas. Seu amigo Luca parecia ser carregado pelo Capelobo como se fosse um saco vazio em suas fortes mãos. Kaio estremeceu.

— Kaio? Faz alguma coisa! — gritou Luca dos braços da fera. — Eles vão nos comer!

— Fazer o quê? — respondeu com a voz tremida, dando um passo para trás e puxando sua espada.

O Capelobo pareceu não gostar da lâmina empunhada e sem fazer muito esforço, com um golpe rápido, derrubou Nevasca das mãos de Kaio, deixando-o desarmado.

Kaio deu outro passo para trás, assustado. A criatura levantou Luca pela capa e esticou a longa língua em sua direção. Primeiro pareceu lamber seu rosto, depois o pescoço, e então, a língua adentrou sua capa.

Kaio, atordoado, não conseguia pensar em nada. O Capelobo iria sugar todo o sangue do amigo.

— Eu vou morrer! — choramingou Luca.

Kaio esticou a mão na tentativa de pegar a espada que tinha sido lançada. Então, parou.

O Capelobo retirou um bombom enrolado em uma folha de dentro das vestes de Luca. Um dos bombons que Cassandra tinha dado para a viagem. Por um instante, Kaio ficou surpreso ao perceber que Luca tinha escondido aquela guloseima, mesmo eles tendo se privado de alimentos a não ser os pães molhados de Yara, mas balançou a cabeça e esqueceu daquilo para se focar no problema atual. Quanto a Luca, tombou no chão ao ser solto pelo Capelobo que conseguiu o que procurava. O filhote da fera se aproximou do genitor e com sua língua, tomou o bombom e se deliciou com o doce.

— Eles só queriam o bombom — concluiu Kaio, baixinho, assistindo a cena.

— Devem ter farejado nas minhas roupas — acrescentou Luca, claramente aliviado por não ser a refeição principal.

Contudo, a paz pouco durou. Uma seta fincou-se no chão entre eles e os Capelobos. Uma flecha gnômica, pelas inscrições rúnicas.

Kaio se levantou para tentar avisar Yara que estava tudo bem, mas era tarde demais. A flecha explodiu em uma rajada poderosa de vento o lançando longe, assim como Luca e os Capelobos. O caçador surgiu do mato, com facão em mãos, furioso como um trem, e pulou sobre o animal maior. Yara apareceu logo em seguida.

Borubor, primeiro, atacou com um golpe diagonal e o Capelobo esquivou-se com um movimento para trás. Depois, sua lâmina veio voando de cima para baixo e o acertou de raspão, tirando sangue da criatura.

— Você não vai me escapar hoje! — bradou.

O Capelobo guinchou ferozmente em resposta e saltou para cima do caçador, derrubando-o.

— Vocês estão bem? — perguntou Yara se aproximando de Kaio e Luca que foram jogados pelo vento da flecha mágica.

— O que foi isso? — comentou Luca esfregando a cabeça. — Nunca tinha visto um poder assim.

— As invenções gnômicas guardam muitas surpresas — esclareceu Yara.

— Vamos chamá-la de flecha furacão! — disse Kaio levantando-se com cuidado. Ao ver Borubor e a fera rolando pelo gramado, mudou o tom de voz para um bramido desesperado. — Nós precisamos parar isso!

— Do que você está falando, Kaio? Ele está nos protegendo! — retrucou Yara, erguendo a sobrancelha.

— Não precisamos de proteção! O Capelobo não quer nos fazer mal, só está protegendo o filhote dele! — E apontou para a criaturinha que tinha se escondido atrás de uma árvore.

Kaio sabia que não podia perder tempo e se parasse para explicar tudo, seria tarde demais. Eram eles que haviam invadido a casa dos dois seres. Rapidamente, levantou-se e pegou a espada caída no chão e disparou na direção da luta. Borubor já tinha conseguido se soltar das garras do Capelobo e estava pronto para desferir outro golpe da sua lâmina quando seu movimento foi bloqueado pela espada de Kaio.

Naquele toque entre os metais, Kaio conseguiu sentir seus músculos ganhando força e a espada se tornando mais leve em suas mãos. A lâmina parecia uma extensão de seu braço. Os movimentos treinados com Yara lhe vieram à cabeça com naturalidade, e assim, de forma automática, girou a empunhadura e derrubou o facão do caçador.

Borubor o encarou, atônito e desarmado.

— O que você está fazendo? Ele vai te matar!

Kaio olhou para o Capelobo imóvel às suas costas e sorriu.

— Está tudo bem. Ele não vai.

CAPÍTULO 20

Após fazerem as pazes com o Capelobo, a viagem seguiu sem mais contratempos até a cidade portuária. É verdade que Borubor não parecia lá muito contente com o desfecho do embate e sempre mantinha um olho aberto quando as duas criaturas surgiam correndo pelas árvores ou rochedos, e quando não estavam em seu campo de visão, bufava e murmurava, mesmo com Kaio explicando que o Capelobo apenas o tinha atacado anteriormente, pois reagiu a presença do homem e precisava proteger o filhote. Porém, apesar do seu desassossego, os capelobos mostraram-se de muita valia. Inclusive indicando uma pequena trilha alternativa pela montanha para atravessar a barragem no vale. A maior parte do tempo, eles nada faziam além de acompanhá-los à distância.

Foram três dias de caminhada descendo o vale para finalmente chegar no litoral, onde o afluente do Rio Veloz se juntava ao mar. Aliás, ver o mar foi um momento muito especial para Kaio. Nunca o tinha visto fora das telas. Com exceção de sua viagem para São Paulo, sua família não tinha o costume de ir a lugares muito longes, sendo que o litoral acabava sendo uma opção custosa para os Martins. Por isso, aproveitou o momento para curtir aquela paisagem. Tirou o tênis e deixou seus pés sentirem os flocos de areia deslizando por sua pele. Foi até a beira da praia e esperou as ondas cobrirem sua canela com aquela água cristalina. Viu a maré arrastando as conchas dos mares, pegou uma branca com detalhes vermelhos, e guardou no seu bolso como recordação.

Até queria ir mais fundo naquele oceano, mas o medo de ser puxado pela maré ou pisar em um buraco e ficar submerso o impediu. Não sabia nadar e não iria arriscar. Decidiu que quando voltasse para casa, colocaria na sua lista de prioridades aprender a nadar para um dia encarar o mar de uma vez.

E ali, de frente para o oceano e com um abraço tão forte que Kaio pensou que quebraria suas costelas, foi onde se despediram de Borubor. O caçador explicou que não tinha interesse em ir até Porto Esbravaldo, não se sentia muito bem em cidades e lugares cheios. Gostava mais da paz e do silêncio que o vale proporcionava e, assim, retornou. Os três companheiros seguiram a viagem à beira-mar, até se aproximarem da cidade litorânea.

Os barcos navegando à distância e as embarcações encostadas na orla ou atracadas no mar anunciavam que a cidade estava próxima. Porto Esbravaldo, diferente de outras cidades que Kaio conheceu, não tinha muros que a cercava. Era uma cidade aberta e, por isso, pelo menos de onde estavam, passava uma imagem de boas-vindas. Claro que isso não significava que a cidade era desprotegida, e à medida que chegavam mais perto, chamavam atenção dos marinheiros. Até que dois batedores, uniformizados de azul e com uma faixa branca atravessando seus peitos, os abordaram em tom cordial: — Crianças sozinhas, por aqui? Estão perdidos? Quem são vocês e o que os traz à cidade?

Kaio, que agora não era mais um aventureiro totalmente iniciante, tomou a dianteira antes de Yara praguejar por ser chamada de criança, como de costume, e falou como a feiticeira o recomendou: — Nós estamos a caminho da Floresta Sombria! Somos amigos da feiticeira Cassandra.

Os dois guardas trocaram um olhar demorado e silencioso entre si, e depois pediram para segui-los.

Luca perguntou para onde eles os levariam, mas não obteve resposta.

Não era exatamente a recepção que Kaio esperava, afinal de contas, Cassandra tinha dito que os habitantes do porto eram seus amigos. Contudo, sem escolha, eles os seguiram. Primeiro saíram da areia branca da praia, deixando o porto e o mar esverdeado pela luz do sol para trás, e seguiram uma rota formada por pedras cravadas no chão para entrar na cidade.

Finalmente, ao passar pelo portal que dava início a ela, os olhos de Kaio foram tomados por admiração ao ver a cidade por dentro. Apesar da maioria das casas parecerem gastas e malcuidadas, ficou impressionado com a diversidade de cores que Porto Esbravaldo radiava. Havia de tudo: casas azuis, sobrados amarelos, residências rosas... juntos, formavam um belíssimo arco-íris arquitetônico.

Pelas vielas de Porto Esbravaldo, Kaio assistia o comércio ambulante, tapeçarias penduradas, peixes jogados no chão sendo anunciado por gritos e bordões, objetos de artesanatos feitos a mão. Muitos daqueles comerciantes se aproximavam dos três para tentar vender seus produtos, como se desesperados por clientes. Kaio tentou responder gentilmente que não tinha dinheiro, mas após tanta insistência, os próprios guardas precisaram acanhar os vendedores.

Seguiram pela via principal até se aproximarem de uma grande construção. Diferente das casas coloridas, essa não chamava atenção por sua cor e sim, pelo seu tamanho. Era um enorme casarão bege com bordas brancas. A porta principal tinha um formato curvo e acima uma placa escrita "CAPITAL DA MADEIRA".

— Não entrem! Não entrem! Não entrem! Os olhos vermelhos vão queimar todos vocês! Aaaah, os olhos vermelhos! A pele branca! Quantos anos? Todos os anos! Corram! Corram! O fogo vai chegar! Vai queimar! — gritava um velho da rua balançando os braços incansavelmente.

— O que ele está dizendo? — perguntou Kaio, com um misto de curiosidade e medo.

— Não se preocupe com ele. É apenas um maluco local. Nós os chamamos de Velho do Casarão. É inofensivo — respondeu o guarda enquanto abria a porta do casarão e os convidava a entrar.

Por dentro, o casarão mostrava-se tão impressionante quanto por fora. O espaço era amplo como o de um castelo e todo decorado com tapetes no chão e obras de arte nas paredes. Caminharam por alguns metros por um corredor até chegar a um salão espaçoso onde um homem papudo, de cavanhaque escuro e barriga volumosa, estava sentado em uma cadeira grande de madeira com os pés apoiados sob a mesa enquanto lia algo. Devido ao tamanho do espaço, Kaio não conseguiu deixar de comparar com a sala do trono de Gnomopóles.

— Senhor Burgomestre, encontramos essas três crianças nos arredores da cidade! — disse alto o soldado.

O homem gordo, distraído, quase caiu da cadeira abanando os braços para se segurar à mesa diante do susto inesperado.

— Droga! Eu já falei para não me assustar desse jeito! Batam na porta antes de entrar! — reclamou o Burgomestre com o rosto vermelho enquanto se levantava e caminhava até eles.

— Oh, desculpe, senhor. A porta estava aberta.

O burgomestre abanou os braços.

— Mesmo assim, bata na porta! Além do mais, o que eu quero com essas crianças? Se vieram pedir dinheiro, estão no lugar errado — completou com uma careta de escárnio.

— Não sou uma criança, sou uma Aurimim! E não quero seu dinheiro!! — respondeu Yara, claramente irritada.

O soldado balançou as mãos, tentando apaziguar a situação.

— Perdão, senhor Burgomestre. Eles falaram que foram enviados pela Cassandra, a feiticeira. Achamos que gostaria de saber disso.

O homem levantou uma sobrancelha.

— A feiticeira? É verdade, isso?

— Sim! — falou Kaio acrescentando um "Senhor Burgomestre" no final, rapidamente, assim como o guarda. Achou que seria a forma educada de falar.

— Ela disse que é uma amiga da cidade e que nos receberiam bem — adicionou Luca.

Yara cruzou os braços.

— Não que precisemos de ajuda.

O Burgomestre os examinou com o cenho franzido.

— E posso saber por que ela os enviou?

— Estamos a caminho da floresta sombria — respondeu Kaio.

Por um segundo, o Burgomestre esboçou uma gargalhada, mas rapidamente segurou o riso e os examinou novamente.

— Vocês estão falando sério? Foram enviados pela feiticeira para ir até a floresta?

Kaio trocou um olhar com seus amigos.

— Por que mentiríamos?

— Sim, sim, você tem razão. Muito interessante! — Afagou o cavanhaque e então abriu um longo sorriso mostrando todos os dentes. — Nesse caso, sejam bem-vindos a Porto Esbravaldo! Será uma honra oferecer refeição e um lugar para ficar! Não qualquer lugar, mas levarei vocês até a melhor hospedaria da cidade! Todo amigo de Cassandra é nosso amigo, também!

Kaio sorriu satisfeito em ser bem recebido naquele lugar desconhecido. Não entendeu por que Yara não compartilhava do mesmo entusiasmo, mantendo a cara fechada. Mas decidiu não se preocupar com isso. A amazona estava quase sempre implicando com algo e havia sido dias cansativos desde o naufrágio no Rio Veloz, a noite sem sono no vale e, claro, a própria jornada de horas e horas de caminhada até o porto. Por mais que estivesse cada vez mais acostumado as viagens a pé, ainda assim não deixavam de ser exaltantes. Por isso, optou por deixar as desconfianças para Yara. Quanto a ele, no momento, se concentrara nas palavras do Burgomestre a "melhor hospedaria da cidade" tinha dito e percebeu sua boca salivando ao pensar em frutas deliciosas e seu corpo relaxando ao sonhar com uma boa cama para descansar.

— Muito obrigado, Senhor Burgomestre! — agradeceu Kaio.

CAPÍTULO 21

A pousada Descanso Celeste não era exatamente o que Kaio tinha em mente quando o Burgomestre falou que eles ficariam hospedados no melhor local da cidade. A pintura do sobrado rosa estava desbotada tanto por fora quanto por dentro. Poeira se amontoava nos cantos dos cômodos e uma teia de aranha na quina do teto fez Luca estremecer quando a viu. Não era o hotel 5 estrelas com que sonharam, ainda assim, para quem tinha se acostumado a dormir sob as estrelas em sacos de dormir, não poderiam reclamar. Verdade seja dita, o que mais preocupava Kaio era dividir o quarto com Luca sem a presença de Yara para balancear os ânimos, pois o clima entre os dois não era mais dos melhores.

Se a manutenção da pousada não era lá aquelas coisas, por outro lado, Kaio não podia reclamar da vista. A sacada do cômodo no segundo andar apontava diretamente para o imenso mar azul digno de um suspiro. Assistiu as jangadas e barcos navegando nas águas cristalinas daquele mar. Notou que, apesar do dia radiante, os marinheiros não pareciam muito contentes. Não conseguiu compreender a razão disso. Pois apenas de olhar para aquele oceano, o horizonte sem fim, sentia suas forças se renovando. O que Bravaterra escondia além daqueles mares? Que tipo de aventuras mais poderiam surgir? Aquele lugar não era pequeno e ficou feliz por isso. Seu coração queria explorá-lo. Se pegou rindo ao pensar sobre isso. Alguns dias antes, não conseguia se ver morando longe de Jesuítas, e agora, se imaginava explorando aquele mundo. Claro que isso não era uma opção, pelo menos não agora. Precisava voltar para casa, ver sua mãe e seu cachorro, estudar. Ainda era uma criança. Mas um dia se tornaria um adulto, e um adulto pode fazer o que quiser.

Knoc knoc.

— Pode entrar! — permitiu Luca levantando-se da cama.

Lila, a garota de cabelos louros e sardas no rosto, um pouco menor que Luca, adentrou no quarto. Ela trabalhava na pousada junto com seus pais, que eram os donos. Kaio, Luca e Yara a tinham conhecido mais cedo, quando o Burgomestre os havia recebido no local.

— Olá, Lila! — cumprimentou Kaio.

— Oi — respondeu de cabeça baixa, acanhada —, a refeição está pronta, se quiserem comer.

— Maravilha! — celebrou Luca.

— Estamos descendo! — acrescentou Kaio.

— Vou avisar meus pais! Sua amiga já está lá embaixo.

Kaio tentou agradecê-la, mas a menina já tinha corrido escada abaixo.

— Vamos indo? — perguntou.

Luca, em silêncio, lançou-lhe um olhar sério, deixando-o desconfortável, e saiu do quarto. Os dois ainda não estavam conversando muito desde a briga no vale. Kaio tinha certeza que Luca estava incomodado por causa do tempo que ele havia passado com Yara. Sem contar o conselho ruim que acabara dando quando disse para entregar uma flor a ela. Mas não podia fazer nada quanto a isso. Pelo menos, era o que pensava.

A mesa no térreo não era tão glamorosa quanto a servida por Cassandra. Para ser honesto, duvidava que encontraria outra refeição na vida como a que teve na casa da feiticeira. Contudo, não podia reclamar. O peixe assado com pedaços de batata cheirava maravilhosamente bem. Nem tinha percebido com quanta fome estava.

Yara, já sentada à mesa, conversava com um homem moreno e de braços fortes. Seu nome era Pedro, o dono da pousada. Luca sentou-se ao lado de Lila. E Kaio puxou a cadeira da ponta para sentar-se. No mesmo momento, uma mulher de cabelos dourados e pele clara apareceu vindo da cozinha com uma tigela de arroz.

— Acabou de sair do fogo! — falou ela.

— Margarida, dessa vez você se superou. Que cheiro incrível! — elogiou Pedro.

— Para. Você sempre fala isso — respondeu Margarida abanando a mão.

— E é sempre verdade! Não é mesmo, Lila?

— Com certeza! Você sempre se supera, mãe!

Despontou um sorriso nos lábios da mulher, mas ela logo o escondeu.

— Não levem eles a sério. Eles sempre falam essas coisas. Espero que vocês gostem da comida, não temos recebido muitos hóspedes ultimamente e ficamos surpresos com o senhor Burgomestre em pessoa os trazendo aqui. Precisei fazer as coisas de última hora.

— Tenho certeza de que está tudo ótimo — falou Yara, servindo-se do peixe.

— O que acharam dos quartos? — perguntou Pedro, com um olhar ansioso.

— Tem uma visão linda! — comentou Luca, deixando de lado a aranha.

— Oh, sim! Realmente tem! O oceano é uma coisa bela, não é? — Pedro tragou um gole de sua bebida que escorreu pela barba. — Estão dizendo por aí que vocês são amigos da feiticeira, é verdade isso?

Os três se entreolharam e confirmaram com a cabeça.

A boca de Pedro se transformou em um largo sorriso.

— Isso é ótimo! Ela é muito querida na cidade. Apesar de sempre me dar calafrios. Magia... isso não é coisa com que se brinque.

Kaio retribuiu o sorriso em concordância. Disso ele não podia discordar. O que o dono da pousada pensaria se ele contasse sua história? Tudo tinha começado com um jogo de tabuleiro, e agora, ali estava ele.

— Ela vem com frequência para cá? — questionou Kaio, curioso.

— Não diria com frequência — respondeu Margarida. — Uma vez a cada quarentena, talvez? Mas é sempre motivo de celebração! Ela usa seus truques mágicos para ajudar os pescadores devido ao seu arranjo com o Burgomestre.

A amazona semicerrou os olhos.

— Como assim? Que tipo de *arranjo*?

— Oh! Me perdoe! Eu estou apenas fazendo suposições. Não me escute — respondeu Margarida, desviando o olhar.

Yara abrandou a face e comentou:

— Não se preocupe. Só queremos saber o que vocês pensam.

Pedro olhou de um lado para o outro e, então, sussurrou: — Se é assim... É que desde o incidente, nossa cidade começou a passar por maus bocados. Então ela apareceu, e com sua magia, os peixes também retornaram. No dia seguinte, o Burgomestre instituiu um imposto de "contribuição para o desenvolvimento de Porto Esbravaldo". E desde então, toda vez que esse imposto é coletado, ela aparece nos dias seguintes. Claro que ninguém comenta disso, você sabe porquê. Além do mais, somos muito gratos a ela. Se não fosse por sua magia, morreríamos de fome. Afinal de contas, não somos uma cidade de pescadores.

A fala de Pedro levantou mais perguntas do que respostas para Kaio. Mas não era o único. Antes mesmo de conseguir abrir a boca, Yara, que parecia extremamente interessada na conversa, atravessou uma pergunta: — Que incidente?

— Oh! Vocês não conhecem a história da cidade? — perguntou Lila, claramente surpresa.

Kaio negou com a cabeça, ansioso para ouvir.

— Sentem-se, vocês vão ficar arrepiados com o que vou contar — começou Pedro. — Nossa cidade hoje é pobre e malcuidada, mas nem sempre foi assim. Se vocês passassem nessa região há trinta anos, veriam uma cidade agitada e um porto lotado. Navios e embarcações não paravam de chegar e sair. Moedas de ouro passavam de uma mão para outra. Nós éramos os maiores exportadores de madeira da costa oeste.

— Por isso a placa "CAPITAL DA MADEIRA" — cortou Kaio.

— Exatamente, exatamente — concordou Pedro. — Mas não era qualquer madeira. Nós exportávamos as Árvores Vermelhas! Uma das árvores mais bonitas que há no mundo! Além de resistente e muito útil para criar objetos, é possível encontrar uma resina vermelha na madeira, excelente para tingir tecidos. Seu valor é inestimável. Então, as exportamos para o mundo todo! Até que algo aconteceu... — Sua voz tremeu. — Uma criatura surgiu do coração da floresta e começou a atacar os lenhadores. Ninguém conseguia o ver exatamente, era como um raio branco. Alguns lenhadores desapareceram, outros morreram e têm aqueles que enlouqueceram e nunca voltaram a ser os mesmos.

— Enlouqueceram? Como aquele velho no centro? — perguntou Luca.

— Oh! Vocês conheceram o "Velho do Casarão"! Exatamente! Ele era um lenhador que se aventurou na floresta e nunca mais foi o mesmo.

— Aos poucos, os lenhadores desistiram de ir atrás das Árvores Vermelhas e começaram a chamar aquela floresta de "Floresta Sombria" — continuou Pedro —, devido a tal criatura assombrada que vivia por lá. A exportação parou, o dinheiro também. A cidade perdeu sua força. Tivemos que nos readaptar. Alguns largaram a cidade, outros tentaram a sorte em outros negócios. Eu mesmo abri esta pousada, a maioria tentou começar a pescar. O problema é que o mar à nossa frente não tem muito peixe, pelo menos não o suficiente para todos. Por isso, começaram a ir cada vez mais longe atrás de comida e nem sempre voltavam. Essa é a história de Porto Esbravaldo. Até hoje tem alguns que se arriscam a entrar na floresta, mas não vão muito longe. Aos primeiros sons estranhos, voltam correndo. Ao menos, se houvesse uma maneira de exportarmos alguma quantidade das Árvores Vermelhas! — praguejou.

Ao terminar a história, ninguém falou nada. Kaio podia ver em Yara e Luca o mesmo olhar hesitante que devia ter no momento. Uma floresta assombrada! Essa era a última coisa que queria enfrentar. Estaria viajando até sua cova? Tentou abrir a boca para dizer alguma coisa, mas não conseguiu. Seus olhos foram de seus amigos até a família da pousada que parecia esperar alguma reação além de bocas abertas e olhos arregalados. *Família*. Lembrou-se de Bob, sem ninguém para brincar, e sua mãe, sozinha em casa. Como ela devia estar desesperada atrás dele! Uma vez levou uma enorme bronca por ficar até tarde jogando bola na rua. Não conseguia imaginar o que ela estava passando agora. Só queria dizer a ela que estava bem.

Um músculo na sua mandíbula contraiu. Sentiu um calor tomar conta de seu coração. Não iria desistir.

— Como eu chego na Floresta Sombria? — perguntou.

CAPÍTULO 22

—— Tu não pode estar falando sério! — falou Luca ao colocar o primeiro pé dentro do quarto. Kaio e Yara o seguiam logo atrás. — Você realmente quer entrar em uma floresta assombrada?! Você não ouviu o que acontece com as pessoas que entram lá? Desaparecem! Morrem! Enlouquecem! Você quer ficar igual ao "velho do casarão"? Eu já estou ficando louco só de imaginar entrar nesse lugar! — argumentou, inconformado. — Deve haver outro jeito...

— Não há! — contestou Kaio. — E mesmo se houver, eu não posso ficar procurando para sempre. Entrar na floresta, pegar a gema, sair de lá é meu caminho para casa.

— Mas esse caminho pode matar todo mundo!

— Nós vamos ficar bem! Enganamos Berto e Fred, vencemos o Gorjala, derrotamos o Fogo-morto e até dos lacraus-negros conseguimos fugir. É apenas mais um desafio.

— Você não está lembrando direito do que aconteceu. EU QUASE MORRI! Foi por muito pouco. Tivemos sorte de encontrar a Cassandra a tempo.

Kaio sabia que Luca estava falando a verdade. Realmente passaram por maus bocados e não sabia até quando poderiam depender da sorte. Contudo, não daria o braço a torcer. Já tinha chegado até ali e não estava disposto a desistir.

— Se não quiser ir, não vai. Faz o que quiser — respondeu Kaio franzindo o cenho.

— Eu cansei de me sacrificar por alguém que nem sequer é um amigo de verdade. Você não está nem aí para nós! Você só me apunhalou pelas costas — falou baixinho.

— Isso não é verdade! E estou cansado dessa baboseira sua — explodiu Kaio. — Você é medroso e por isso não quer ir. Não vem me culpar por aquilo que você não consegue!

Kaio viu o rosto de Luca se contorcendo e sua expressão se transformar de indignidade para raiva. Sabia que tinha ido longe, mas não tinha como voltar. O menino moreno pulou sobre ele e os dois caíram e rolaram no chão gritando xingamentos.

Yara, que até então ouvia passivamente, puxou Kaio pela gola da camisa o jogando para um lado e depois afastando Luca com um empurrão e ficando entre os dois.

— Parem! PAREM! — gritou. — Isso não está ajudando em nada! Vocês precisam parar com isso agora e resolver seja lá o que tiverem pra resolver!

Kaio deu um olhar sombrio para Luca.

— Não temos nada para resolver. Vamos embora, Yara. Temos que nos planejar para a viagem amanhã.

A garota amazona não se mexeu.

— Yara? — voltou a perguntar.

A amazona ficou em silêncio.

Os olhos de Kaio se arregalaram involuntariamente.

— Você também?

— Nós precisamos avaliar com calma o que fazer — respondeu lentamente. — Não podemos tomar uma decisão precipitada.

— Você não quer o pingente da magia? Esse é o caminho!

— Tem algo muito estranho nessa história, Kaio...

Aquilo foi como um balde de água fria. Não esperava que nenhum dos seus amigos fosse dar para trás na última hora, muito menos os dois. Sentiu-se mais sozinho do que em qualquer outro momento de sua jornada em Bravaterra ou mesmo sua mudança para São Paulo. Mesmo contra sua vontade, parecia que estava prestes a chorar. Mas, então, foi tomado por uma cólera.

Eles falavam em avaliar, procurar outro caminho. Mas a verdade é que nem sabia se existia outra forma. Cassandra foi clara quando disse que só conseguiria ajudá-lo através da gema. Eles não poderiam entender qual era sua dor, afinal de contas, estavam em seu mundo. Aquela era sua missão, e não a deles. Se não pudesse contar com eles, isso não iria impedi-lo.

— Ótimo, vou sozinho! — falou decidido e bateu à porta saindo do quarto.

CAPÍTULO 23

— Você tem certeza disso? Você não quer ficar com seus amigos? — perguntou Pedro. — Eu não posso acompanhá-lo além daqui.

Kaio examinou o início da Floresta Sombria com cuidado. Duas palmeiras se erguiam em um arco. Uma placa assustadora dizia "Entrada Proibida", provavelmente colocada pelo pessoal de Porto Esbravaldo.

— Eu não tenho escolha — finalmente respondeu ajeitando a mochila com suprimentos nas costas e depois averiguando se a espada estava bem fixada à cintura.

Deu o primeiro passo para dentro da selva. Entendia que era a última etapa da sua jornada para voltar ao seu mundo. Ir até o coração da floresta, encontrar a gema de Anhangá e voltar para casa.

— Espero te ver de novo um dia — se despediu o homem adulto com certa melancolia na voz.

— Nos veremos! — respondeu Kaio, mais confiante do que se sentia.

Apesar das histórias assustadoras que havia escutado sobre a floresta, a primeira impressão de Kaio foi bem diferente do que esperava. Após algumas horas andando pela mata, a floresta lhe pareceu bem menos ameaçadora que a Selva Peçonhenta. Havia mais espaço entre as árvores, de forma que não era necessário abrir trilhas entre a vegetação para conseguir caminhar. Inclusive, reconheceu algumas delas por causa de seus frutos, como os coqueiros e bananeiras. O que lhe deixou contente, pois sabia que poderia comer aquelas frutas e não depender apenas dos suprimentos em sua sacola de viagem. E o clima era mais quente e úmido, mas não lhe incomodava tanto. Gostava do ar tropical da região.

O mais importante: não viu insetos gigantes ou alguma das plantas venenosas que aprendeu com Yara, tendo uma preocupação a menos. Fora o piar das aves e o leve farfalhar das folhas, a mata era completamente silenciosa. O único som que ouvia sem cessar era de seus pensamentos o martelando. Desejava que Luca estivesse ali para preencher aquele espaço com piadas ou Yara com suas broncas. Se perguntava se tinha sido duro demais com seus amigos.

Com todas aquelas infinitas árvores e sem enxergar uma criatura viva sequer, percebeu-se solitário. Aliás, conforme concluiu, era impossível se sentir mais sozinho do que perambulando por uma floresta assombrada sem ninguém para o acompanhar. Claro que isso não encerrava sua lista de problemas para lidar; no topo dela, estava encontrar o tal do "coração da floresta", fosse lá o que isso significasse.

Assim, sem muitas opções, fez o que qualquer um faria em seu lugar: continuou andando sempre em frente, preso em seus pensamentos, e quando se deu conta, o sol já estava bem no topo do céu. Devia ser quase meio-dia e decidiu que era momento de parar e comer. Procurou uma raiz de árvore grande o suficiente para sentar-se e se encostou ali. Da sacola de viagem, puxou uma maçã e um pedaço de pão conseguidos na hospedaria, e os mastigou saboreando cada pedaço. Com mais uma banana, ficou satisfeito.

Uma leve brisa bateu mexendo seu cabelo que estava mais longo do que o habitual. Seus olhos começaram a se fechar. *Um cochilo de quinze minutos não dá nada*, pensou.

Então, antes mesmo de deixar-se levar pelo sono, pulou assustado ao ouvir o farfalhar de galhos mais alto do que o de costume. Os pelos do corpo se eriçaram, e a mão encontrou conforto no cabo da espada. Virou a cabeça de um lado para o outro tentando encontrar a origem do som. Não obteve sucesso. Porém, foi o suficiente para deixá-lo ligado. Deu dois tapinhas no rosto se punindo pelo vacilo. Não sabia quão verídico eram as histórias e pretendia deixar assim. A última coisa que queria era enfrentar outro monstro. Dessa vez, sozinho, lamentou.

— Não posso dar mole aqui — falou baixinho para si mesmo na tentativa de afastar o medo. — Foi apenas o vento mexendo as folhas.

— Realmente você não pode, criança — respondeu uma voz feminina vindo dos ares. — Se *ele* te achar, você estará perdido.

Se ao ouvir os galhos Kaio havia pulado de susto, agora tinha certeza que o coração iria sair pela boca.

— Quem está falando?! — gritou enquanto procurava a fonte da voz.

— Você não está na posição de fazer perguntas — respondeu uma voz diferente. Dessa vez, parecia a voz de um homem vindo do chão. Jurou ouvir também o grunhir de um porco grande, talvez um javali.

— Apareçam! — ordenou Kaio, sacando sua espada.

— E nem de fazer exigências — completou a voz com uma risada.

— Nós que fazemos as perguntas aqui — reiterou a primeira voz. — O que você está fazendo na Floresta Sombria? Faz muitos anos que não vejo ninguém entrando aqui. Você veio de Porto Esbravaldo, criança?

Embora Kaio procurasse de um lado para outro as fontes das vozes, apenas encontrava folhas caindo do topo das árvores ou arbustos se mexendo.

— Eu passei por lá — respondeu sem ter certeza se deveria falar.

— Aquela cidade mesquinha! Sempre nos trazendo problemas! Eles não aprendem nunca! — praguejou a voz masculina.

— Eu não vejo nenhum machado, talvez ele não queira problemas — falou a voz feminina.

— Ele acabou de falar que veio de Porto Esbravaldo! Você já viu alguma coisa boa saindo daquele lugar? Além do mais, ele está armado — rebateu.

— Eu não quero fazer mal a ninguém — argumentou Kaio olhando para cima e para os lados, buscando as figuras misteriosas.

— Isso nós decidiremos — respondeu a voz masculina.

— Ele nem sequer teria força para nos ferir, é apenas uma criança — disse a voz feminina.

— Talvez seja um espião. Está buscando informações.

— Eu não sou espião nenhum! — bravejou Kaio nervoso com as acusações. — E não quero ferir ninguém também.

— O que você faz aqui então? — perguntou a voz feminina. — Essa floresta não é para crianças. Você por acaso se perdeu?

— Eu não sei onde estou, mas também não estou perdido. Estou à procura de algo.

— E o que seria? — perguntou a voz masculina e dessa vez Kaio sentiu o tom de curiosidade.

— Se eu contar, vocês vão me ajudar?

— Isso nós decidiremos — respondeu a voz feminina.

Claro que sim...

— Procuro a Gema do Anhangá!

Não houve resposta e o silêncio preencheu a floresta novamente.

— Vocês ainda estão aí?

Continuou sem resposta. Algo não cheirava bem. Não gostou da reação silenciosa que recebeu e de repente a floresta pareceu ainda mais perigosa do que antes. Sabia que falar do Anhangá havia despertado algo nas vozes e o medo começou a se apoderar de si. Não queria mais ficar ali, diante de duas figuras invisíveis que ainda não sabia serem boas ou ruins.

Deu um passo para o lado, depois mais outro, e quando viu, estava correndo.

Com isso, o silêncio também desapareceu e o som do farfalhar das árvores retornou. Kaio tinha certeza de que estava sendo perseguido. Ouviu o barulho estranho de um animal vindo também dos arbustos e dessa vez teve certeza que era de um javali. Correu o máximo que pode até chegar a uma área mais aberta devido às árvores menores e mais espaçosas. *Essa é minha chance.*

— Apareçam! — gritou mais uma vez.

Não obteve resposta novamente e não viu sinal de seus perseguidores.

Sentiu uma picada e caiu de joelhos. Buscou o lugar da dor e viu um dardo pendurado na coxa. Suas pálpebras começaram a ficar pesadas como chumbo.

Duas figuras de pés peludos apareceram na sua frente.

— Vamos dar um fim a ele — falou a voz masculina.

— Não! O Cacique vai querer saber disso — rebateu a outra voz.

Tudo ficou escuro e Kaio adormeceu.

Seus olhos foram se abrindo com dificuldade. Apertou com força o lençol ao redor do corpo. Estava em... casa? Yara, Luca, duendes, gigantes, escorpiões, Bravaterra, tudo aquilo não passava de um sonho! Seus lábios se esticaram em um sorriso. Não precisava mais se preocupar. Aos poucos, enxergou uma forma e um feixe de luz. Suas pupilas estavam começando a se adaptar à luminosidade. A silhueta lembrava-lhe um adulto de cabelo longo. *Mãe*, pensou Kaio com o coração aquecido.

Não era dona Helena.

Num susto, Kaio pulou da cama ao perceber que era um homem sentado à sua frente. Um homem adulto de pele escura, com a face coberta de uma barba grisalha e cabelos estilo dread ao redor da face enrugada. Um cachimbo longo e escuro pendurava-se na boca e anéis de fumaça surgiam e desapareciam no ar.

— Achei que você nunca fosse acordar! — falou com um sorriso mostrando todos seus dentes brancos como a neve. — Meu nome é Raoni Teçá! Prazer em te conhecer, garotinho!

Kaio olhou de um lado para o outro, tateou a perna em busca do dardo, confuso. E não tinha dúvidas que seu rosto transparecia esse sentimento, pois antes de perguntar, o homem já lhe respondeu:

— Você está em Alanoude! Peço desculpas pela forma como meus batedores trataram você. Um dardo sonífero não foi a recepção mais delicada. Mas não se preocupe. Você está seguro agora. Poderia saber a quem estou dirigindo a palavra? — perguntou educadamente.

— M-meu nome é Kaio, Kaio Martins — respondeu tentando se habituar. — Alanoude, você disse? — perguntou segurando a empolgação.

— Seja bem-vindo, Kaio Martins. Exatamente! Alanoude. Eu sou o cacique dessa aldeia. — Apontou para os três brincos na orelha. E Kaio arregalou aos olhos ao perceber que ela era pontiaguda. Não apenas isso, reparou outras coisas que não tinha se tocado até agora: uma faixa de pelo se iniciava nos ombros de Raoni e descia até seu pulso cobrindo todo seu braço. Nada parecido como um homem peludo, mas sim como o corpo de um urso ou um cachorro. Seus braços não eram as únicas coisas que chamavam atenção; as laterais de suas pernas tinham o mesmo contorno felpudo.

— S-sua orelha! Você não é humano?! — falou Kaio espantado em um misto de pergunta e exclamação.

— Oh! Vejo que você nunca viu um do meu povo. Somos habitantes do mato, ou como diriam na língua antiga, caiporas! Apesar de algumas semelhanças, não somos humanos. — Ao terminar de falar, um dos anéis de fumaça transformou-se em ave e voou pela cabana arrastando os olhos de Kaio. — Eu diria que somos muito mais mágicos. — E sorriu novamente.

Kaio, por outro lado, foi aos poucos fechando o rosto.

— Qual o problema, Kaio Martins? — perguntou Raoni delicadamente. — Algo que eu disse te incomodou?

— Não, não é isso. Eu só acho que estou um pouco cansado de magia... — respondeu entristecido. — Apenas quero voltar para casa.

— Uma criança humana cansada de magia. Nunca achei que fosse ouvir isso, mesmo em um milhão de anos. E você está longe de casa?

Kaio acenou afirmativamente com a cabeça sem saber por onde começar a contar sua história.

— E o que você faz nessa floresta? Ouvi histórias interessantes sobre ti!

Poderia ser apenas coisa de sua cabeça cansada, contudo dessa vez a voz do homem lhe pareceu não ter um tom tão amistoso quanto antes.

De qualquer forma, Kaio tentou ponderar por um segundo se deveria responder essa pergunta. Entretanto, sua mente ainda parecia bagunçada e lhe pregando peças. Lembrava de ser atacado logo após mencionar a Gema do Anhangá e ouvir uma das vozes dizendo que seria melhor matar logo ele. E embora tentasse segurar a língua e guardar isso para si, se ouviu respondendo a Raoni mesmo assim. Algo naquela atmosfera parecia o fazer se sentir seguro.

— Estou atrás da Gema do Anhangá.

— Foi o que ouvi falar. Venha comigo! — chamou Raoni tomando um cajado para se apoiar e saindo da cabana com um sorriso caloroso.

Kaio levantou-se da cama e notou que sua espada ainda estava pendurada em sua cintura. Sentiu-se aliviado, odiaria perder seu presente dos gnomos. Correu até a porta da cabana para não ficar para trás e viu sua vida passar diante de seus olhos ao perceber que ela não estava no chão. Era uma casa na árvore, a muitos metros de altura!

Notou que não era a única. Várias cabanas de madeira e palha estavam montadas em árvores diferentes. Alguns troncos suportavam até duas ou três casas. No solo, havia outras tantas. Estava diante de uma cidade no meio da mata. *Esse é o coração da floresta! Alanoude!*

— Incrível, não é? Mas vamos indo — falou o homem apontando para a escadaria de madeira circular.

Kaio o seguiu estupefato com tudo o que via. Rapidamente, desceu as escadas e alcançou a cidade. Tudo aquilo lhe parecia surreal. As casas nas árvores, os caiporas e seus corpos peludos. Apesar de deslumbrado com tudo o que via, os habitantes da floresta não pareciam se sentir da mesma forma. Recebeu alguns olhares mal-encarados dos outros caiporas que lhe deixaram constrangido.

— Não se preocupe com eles. Não estamos acostumados a receber os da sua raça aqui. Geralmente eles entram na floresta com más intenções. Querem destruir e caçar, e por isso não chegam tão longe. Os homens são gananciosos. Porém, não é o que você busca, não é? Você falou umas coisas interessantes — disse com uma risadinha. — Por isso, *ele* que julgará sua causa.

— Ele quem? — perguntou Kaio, confuso, tentando acelerar o passo enquanto Raoni adentrava a floresta.

— Você verá! Vamos! Vamos!

E assim, Kaio o seguiu mata adentro. Apesar de não haver trilhas, os passos do cacique eram rápidos e ágeis, como de quem conhecia aquela mata com a palma da mão. Ficou surpreso com a velocidade de Raoni, pois apesar da aparência de velho e o cajado de apoio, ele se movia como um jovem. O menino precisou se esforçar e correr para compensar, mas não era suficiente. Cada vez o homem parecia mais distante e começava a desaparecer entre a brenha. Gritou chamando-o seu nome e não ouviu nada. Tinha o perdido de vista. Mas nem pensou nisso, pois seus olhos foram pegos por uma imagem.

Uma árvore.

Se viu ofegante e boquiaberto diante da árvore estranha. Se aproximou dela e apalpou sentindo a textura da madeira em suas mãos. Seu tronco era firme e grosso coberto de cascas cornalinas. Suas folhas suaves e carmesim. Seus olhos não paravam de encarar a árvore, admirando-a, como se tomado por um encanto.

— A árvore vermelha! — suspirou.

Um brilho no tronco lhe chamou atenção. Parecia vir de uma fenda. Kaio aproximou-se para examinar com mais cuidado e encontrou uma pedra brilhante e lisa, como se um arco-íris fosse transformado em uma joia. *A Gema do Anhangá!* Esticou o braço para tocá-la e um frio percorreu seu corpo. Uma neblina surgiu tomando o lugar rapidamente. Kaio retraiu a mão assustado e balançou a cabeça procurando algo, qualquer coisa que lhe acalmasse o coração. Gritou novamente por Raoni. Não houve resposta, se não o som de uma respiração pesada vindo da neblina.

Mesmo sem conseguir distinguir a forma exata, viu duas bolas de fogo em meio às brumas. Deu um passo para trás e tropeçou na raiz da árvore. As chamas começaram a se aproximar e delinear sua forma em olhos vermelhos e austeros. Lembrou-se assustado das palavras desconexas do homem maluco no porto. Parecia um animal, mas não qualquer um. Sua pelagem era branca e brilhava em meio à névoa. Tinha chifres como de um veado. Porém, ele era muito maior que um veado comum.

Kaio soube em seu coração que estava diante do Anhangá!

Os olhos vermelhos o ficaram encarando e no começo sentiu-se desconfortável e achou que seria tomado pelo temor, mas então, aos poucos, a presença do animal pareceu emitir uma segurança e paz. Não sabia se devia se aproximar ou não da criatura. Se levantou lentamente. Não queria assustá-lo. Essa preocupação lhe pareceu boba, entretanto. Não acreditava ser capaz de causar nenhum medo nele. Abriu a boca, procurando alguma palavra para dizer, porém não sabia se ele o entenderia. Contudo, antes de falar, o Anhangá galopou para fora da floresta e foi engolido pela neblina, desaparecendo tão rápido quanto surgiu.

Kaio ficou ali, parado, boquiaberto, sem reação.

— Ele não costuma aparecer assim. Você deve ter algo especial. Nem mesmo alguns dos mais antigos caiporas o viram — falou Raoni enquanto a neblina desvanecia.

Kaio balançou a cabeça como quem desperta de um sonho.

— Aquele realmente era o Anhangá? Ele é a criatura misteriosa que assombra a floresta? — O quebra-cabeça parecia começar a se encaixar em sua cabeça.

O velho confirmou com a cabeça.

— Ele tem protegido essa floresta por anos. Assombra e enlouquece os lenhadores e caçadores. Homens gananciosos e ambiciosos como os de Porto Esbravaldo. Ele é o nosso guardião.

— E aquela é a sua gema? — perguntou Kaio, ansioso. Pela primeira vez, pareceu estar próximo de seu objetivo.

O cacique de Alanoude confirmou novamente.

Kaio abriu um sorriso e correu na direção da árvore. Esticou a mão para pegar de vez a gema e a fenda fechou-se diante de seus olhos, quase engolindo seus dedos e escondendo a joia dentro das entranhas da árvore.

— Você não pode levá-la da Grande Árvore Vermelha — falou Raoni calmamente. — é ela que permite o Anhangá andar por essas terras. Sem ela, nossa aldeia estaria perdida.

— Eu preciso! Eu preciso dela para voltar pra casa! — respondeu, perplexo. — Eu prometo devolver, é apenas por um tempinho.

— Lamento, criança. Eu imaginei que você entenderia. Se o Anhangá não o atacou, é porque ele não viu perigo à floresta em você. — Colocou a mão sobre o ombro de Kaio. — Vamos voltar à aldeia? Certamente haverá um banquete nesta noite. Faz muitos anos que não recebemos um homem entre nós. Isso é um bom sinal. Novos tempos virão.

Kaio percebeu uma lágrima se formar em seus olhos, então a enxugou com a manga de sua roupa. Aquele não era o final que esperava. Não queria saber de novos tempos ou banquetes, apenas do abraço da sua mãe. Quis gritar com Raoni e convencê-lo de sua necessidade, mas conseguia ver nos olhos do caipora que nada o faria mudar de ideia. Talvez poderia atacá-lo com sua espada e tomar a gema, afinal de contas, estavam sozinhos e ninguém saberia. Porém, não conseguia se ver fazendo isso, era apenas uma ideia boba de alguém desesperado.

Sem saber o que falar ou fazer naquele momento, viu-se apenas seguindo Raoni com o coração pesado e os pensamentos sombrios voltados para a gema.

CAPÍTULO 24

Aquele era o terceiro dia que estava na aldeia de Alanoude, no coração da Floresta Sombria. Apesar do golpe duro de chegar tão perto da gema e não conseguir pegá-la, já havia formulado um plano.

Precisava roubá-la.

Quando voltou da Grande Árvore Vermelha, como a chamavam, os caiporas não o olhavam com a mesma desconfiança que antes. Um banquete foi preparado, músicas cantadas e rapidamente fez amizade com o povo da floresta.

Aliás, a música era algo recorrente por ali. Toda noite se reuniam em torno de uma fogueira sob as estrelas e cantavam inúmeras canções, com exceção de uma outra que tinha ouvido em meio aos gnomos, as músicas eram sempre novidades nos ouvidos de Kaio. Os instrumentos eram os mais variados possíveis, havia alguns de sopro feito em madeiras e chifres, outro de corda em formatos estranhos e, claro, havia muitos tambores e chocalhos. Kaio até tentou aprender alguns acordes de um instrumento feito de um pedaço de madeira retangular polida com oito cordas presas, parecido com algo entre uma harpa e um violão, mas a princípio, o único som que conseguiu tirar foi as gargalhadas dos caiporas. Certamente não desistiu, e na segunda noite tocou algo perto de uma melodia, o suficiente para deixá-lo satisfeito consigo mesmo.

Durante o dia, reparou nas mulheres. Não teve dificuldade de reconhecê-las devido seus rostos finos e os bustos cobertos por tecidos. Elas dividiam as funções de colheita com os homens. Inclusive, todos comiam apenas aquilo que vinha da terra. É verdade que também comiam carne de animais, mas nunca caçavam, se alimentavam apenas dos que morriam naturalmente. Acreditavam que, assim, honravam todos os seres. E por isso também, conforme aprendeu, apenas os batedores tinham armas como lanças, dardos e arcos.

Se impressionou ao descobrir que Raoni era ainda mais velho do que supunha ou que o povo da floresta não montava em cavalos, e sim, em javalis tão grandes quanto eles. Se entusiasmou ao ver crianças com suas pernas peludas pulando com tamanha graça e agilidade de uma árvore para outra. Não era um povo vasto em quantidade, mas havia muita grandeza neles. Queria que Yara e Luca estivessem ali com ele. Certamente se divertiriam com o povo da floresta. Mas Yara e Luca não eram os únicos que ficariam felizes de estar ali, Kaio tinha certeza que sua mãe também apreciaria aquela vila. Talvez, no começo, daria uma bronca nele por correr de um lado pelo outro tentando acompanhar as crianças de Alanoude, mas no fim, ficaria contente de estar lá.

E justamente por causa desse sentimento, Kaio esperou que todos se recolhessem e, durante aquela madrugada, com passos rápidos e silenciosos, deixou a vila e se dirigiu até A Grande Árvore Vermelha. Apesar do horário tardio, foi compensado com o brilho das estrelas, e Kaio lembrava-se bem do caminho, pois no dia anterior tinha passado por ali com algumas crianças enquanto brincavam de esconde-esconde, assim não teve muitas dificuldades.

Sua única preocupação era o próprio Anhangá.

Imaginava o que o Encantado faria se soubesse que ele estava tentando roubar a gema. Havia escutado histórias de pessoas enlouquecendo ou desaparecendo, e não sabia o que era pior. Porém, até mesmo Raoni falou que não era comum vê-lo. Muitos do povo da floresta nunca sequer tinham o visto. Se tivesse sorte, talvez o Anhangá não estaria por perto àquela noite. Precisava arriscar.

Ao se aproximar da grande árvore rubra, estreitou as sobrancelhas, frustrado. A fenda que guardava a gema ainda permanecia fechada. Sabia que isso era um risco e empunhou a espada gnômica nas mãos. Tentaria abrir a árvore à força. As coisas mágicas eram incertas, e percebeu como seu plano dependia mais da sorte do que gostaria.

Tateou a árvore buscando encontrar um ponto aproximado de onde estava localizada a gema. Levantou a espada e sua lâmina brilhou contra a luz da lua.

— Me desculpa... — falou com dor no coração por atacar uma árvore tão bela.

Fincou a espada na madeira tirando um casco de seu tronco.

Um coelho passou correndo pela mata e seu coração congelou por um segundo. Olhou para um lado e para o outro e nada do Anhangá. Respirou fundo tentando ignorar qualquer outro som da floresta.

Apontou a espada para a árvore novamente e dessa vez seus olhos brilharam. Soltou a arma involuntariamente.

A fenda havia se aberto.

Ali estava a Gema do Anhangá. Brilhante como um arco-íris. Disponível.

Esticou a mão para tocá-la e parou.

Sentiu seu coração apertar e lembrou das palavras de Raoni. Sem aquela gema, o Anhangá não encontraria o caminho até a floresta e ela estaria desprotegida. Pensou nos caiporas e suas canções. Aquele povo pacífico e que o recebeu tão bem nos últimos dias. Então, recolheu o braço. Não podia fazer aquilo com eles. Só que, assim como veio o pesar na consciência, também surgiu uma saudade tão grande que ficou difícil controlar. Pensou em sua mãe, preocupada com ele, e em seu cachorro. Já fazia meses que estava fora de casa. Se falasse com Cassandra, talvez ela poderia trazer a gema para ali depois de invocar o feitiço. Seria apenas por alguns dias. Não seria roubo, apenas um empréstimo.

Agarrou a gema com as duas mãos e a guardou em sua mochila.

Apenas um empréstimo, repetiu tentando se convencer.

Kaio chegou em Porto Esbravaldo antes do meio-dia para encontrar a feiticeira. Atravessou a Floresta Sombria correndo e sem olhar para trás. Se precisasse se despedir dos habitantes da floresta, além do risco de ser descoberto, tinha medo dele mesmo não aguentar e terminar abrindo o jogo em uma esperança improvável de ser perdoado. Odiava fugir pelas portas do fundo, mas não enxergava outro jeito. Tudo que podia fazer agora era entregar a gema para Cassandra e pedir para a doce feiticeira devolvê-la após o feitiço.

Cassandra tinha falado que desceria até a cidade no décimo dia após se despedirem na margem do Rio Veloz. Nas contas de Kaio, aquele era o décimo primeiro dia, portanto, estava um dia atrasado. Torceu para que ela ainda estivesse por ali. Ficaria desolado se precisasse subir até a casa de Cassandra novamente e tornar sua viagem ainda mais longa e perigosa.

Sem saber por onde começar a procurá-la, decidiu ir até a única hospedaria que conhecia. A pousada Descanso Celeste. Talvez a feiticeira estivesse hospedada no local. E se tivesse sorte, se depararia com Luca e Yara. Precisava pedir desculpas pelo último encontro que teve com eles, antes de voltar para sua casa. Aliás, sentia que precisava pedir muito mais desculpas do que estava acostumado.

Enquanto caminhava pelas ruas de pedras da cidade, ficou impressionado com o movimento. A cidade estava muito mais cheia do que quando passou por ali pela primeira vez. Homens corriam de um lado para o outro carregando caixas e equipamentos. O porto também estava com um número alto de embarcações atracadas. Parecia que algo importante aconteceria na cidade nos próximos dias. *Talvez um festival*, pensou.

— Garoto? É você mesmo?! — falou uma voz conhecida.

Kaio se virou na direção da voz e reconheceu Pedro, o dono da pousada.

— Eu tinha certeza que nunca mais veria você! Você está bem? — perguntou o homem enquanto apertava o rosto do garoto como se quisesse ter certeza de que não estava vendo coisas.

— Eu estou bem — respondeu afastando as beliscadas.

— Tem certeza? Não ficou louco como os outros? Afinal, você veio da Floresta!

— Não enlouqueci. Eu estou procurando uma pessoa, será que pode me ajudar?

— Seus amigos? Eles sumiram faz alguns dias. Logo que você foi para a floresta, a garota foi-se embora também. O menino ficou um pouco mais, mas não o vejo desde ontem. Deve ter voltado de onde veio.

Kaio não conseguiu esconder a decepção deixando seu sorriso desaparecer. Esperava vê-los uma última vez antes de voltar para casa.

— E quanto a Cassandra? Você sabe alguma coisa? — perguntou esperançoso.

— Você diz a feiticeira? Claro que sei! A cidade toda sabe! Ela está no prédio do Burgomestre. Houve uma convocação nos últimos dias, por isso os pescadores estão tudo voltando.

— Que tipo de convocação? Você sabe?

Pedro coçou o queixo.

— Eu não sei dizer... estamos todos na maior curiosidade por aqui. Se eu tivesse que chutar, diria que é algo envolvendo a feiticeira. Pode ser que seja também o anúncio do casamento de algum nobre ou algo lá longe no oeste? Às vezes, acontece esse tipo de coisa por aqui. Somos um povo simples e costeiro, então, como você pode imaginar, gostamos de boa uma fofoca — completou com uma extravagante gargalhada.

Kaio sorriu para ele e se despediu com um abraço inesperado. Era difícil explicar para onde estava indo, mas o sinal de afeto lhe pareceu apropriado como forma de gratidão por recebê-lo em sua pousada, compartilhar sua mesa de jantar e levá-lo até a floresta.

A cidade era pequena e não demorou muito para alcançar o casarão do Burgomestre. Ao ver a placa escrita "Capital da Madeira", uma pontada atiçou seu coração. As árvores vermelhas estavam desprotegidas. Cassandra precisava devolver a gema aos caiporas, seria mais um favor a pedir, mas acreditava que ela o faria. Afinal de contas, ela morava e cuidava da Selva Peçonhenta junto ao Boitatá.

Percebeu que a frente do casarão estava bem movimentada por soldados. Se alguns dias atrás havia apenas um ou outro guarda local caminhando pela cidade, agora um exército tinha se reunido por ali... *Que tipo de convocação é essa?*

— Ei! Você aí, não pode ir entrando sem autorização — alertou um dos homens.

— Eu preciso entrar! Tenho que falar com Cassandra! — explicou Kaio.

— Isso não é uma discussão. Sem autorização, você não entra. Você tem uma?

Claro que Kaio não tinha. Nem sequer sabia do que ele estava falando. Porém, não estava disposto a desistir fácil assim. Já tinha ido muito longe para simplesmente acatar a ordem do guarda. Então, apontou para o outro lado da cidade e gritou: "Um fogo-morto!" No mesmo momento que o soldado tirou os olhos dele, Kaio disparou casarão adentro.

O homem adulto começou a persegui-lo logo em seguida, outro guarda se juntou na busca. Kaio correu o mais rápido possível virando nos corredores para despistá-los. Quando entrou numa grande sala e tornou a cabeça para trás para ver se ainda o seguiam, se chocou de frente com alguém e caiu no chão. No mesmo instante, duas mãos o agarraram por trás o levantando.

— Desculpa, Senhor. Desculpa. Esse moleque travesso entrou sem permissão. Já estamos o retirando — falou o soldado, puxando a orelha de Kaio.

— Não se preocupe, ele é nosso convidado. Estávamos esperando por ele. Há quanto tempo, hein, Kaio? — falou a voz de uma mulher.

O menino levantou a cabeça e viu a feiticeira em seu vestido preto, elegante como sempre.

— Cassandra! — exclamou e reclamou da dor da orelha ainda apertada.

— Solta ele! Você não a escutou? Ele é nosso convidado — comandou o Burgomestre.

Assim que o comandante da cidade falou, o soldado o obedeceu prestando uma continência e deixando o recinto sem questionar. Cassandra o acompanhou com os olhos e logo a porta foi fechada, deixando os três sozinhos.

— É bom te ver, Kaio! E pelo que percebo, inteiro! Fiquei preocupada quando cheguei ontem e você não estava por aqui. O Burgomestre disse que você entrou na Floresta Sombria sozinho, muito corajoso da sua parte.

— Muito corajoso mesmo — repetiu o Burgomestre alinhando seu bigode.

— Não importa mais, só quero ir para casa. Você pode me levar de volta? — disse com olhos ansiosos.

— Você a tem? A gema?

Kaio abriu sua sacola de viagem e retirou a pedra brilhante. Cassandra e o Burgomestre alargaram os olhos.

— Me dê ela! — falou a feiticeira esticando a mão para recebê-la.

— Eu preciso que você me prometa uma coisa — rebateu Kaio recuando um passo.

— O que seria, meu querido?

— Depois que você me levar para casa, leve a gema de volta à Floresta Sombria. É muito importante que ela permaneça lá.

— Chega de besteira, garoto. Com quem você pensa que está falando para ficar pedindo favores assim? — reclamou o Burgomestre num tom incisivo.

A feiticeira levantou uma mão pedindo silêncio e o homem mordeu o lábio na mesma hora.

— O que você quiser — concordou Cassandra. — Eu a levarei até a floresta. Você tem minha palavra. Podemos continuar? Você deve estar ansioso para voltar. — Esticou novamente a mão.

Kaio concordou com a cabeça e entregou a gema.

A feiticeira a agarrou com as duas mãos e sorriu.

No mesmo instante, a joia começou a emitir uma luz verde. Cassandra sussurrou algumas palavras e o brilho se intensificou atingindo toda a sala.

Um vento forte começou a soprar da gema. O Burgomestre deu alguns passos para trás, com o rosto transtornado.

A pele das mãos de Cassandra começou a derreter revelando escamas esverdeadas como a de um lagarto. Suas unhas deram lugar a garras.

Impelido pelo vento e assustado, Kaio caiu no chão.

— O que está acontecendo?! — gritou com dificuldade devido ao som das rajadas de ar.

A feiticeira o ignorou.

E assim, tão de repente, a luz cessou enquanto Kaio ainda estava ali. De frente para a feiticeira, suas mãos reptilianas e o Burgomestre.

— Está feito? — perguntou o homem de Porto Esbravaldo.

— Está feito! A porta para o Anhangá está fechada. A floresta está desprotegida. As árvores vermelhas são nossas!

— O que está acontecendo? — repetiu a pergunta sentindo as palavras engasgarem em sua boca.

O Burgomestre gargalhou.

— O que você pensa? Você foi usado como um boneco. Você conseguiu limpar o único empecilho que faltava para nós invadirmos aquela floresta, tomar aquelas árvores e acabar com aqueles malucos que vivem lá. Essa cidade vai voltar a ter sua glória! Seremos novamente a capital da madeira!!

— Isso não pode ser verdade. Ela não faria isso. Você protege a floresta! É amiga do Boitatá! — gritou Kaio.

Cassandra levantou as sobrancelhas.

— A carapuça de Cassandra me serviu por bastante tempo, mas agora me perdeu sua utilidade. Está chegando o momento que tanto esperei. Talvez você devesse começar a me chamar pelo meu verdadeiro nome: Cuca! E aquelas árvores e os poderes daquela floresta, serão meus!

— Você não pode fazer isso... — falou Kaio, incrédulo. — Isso é errado!

— Errado? Oh, meu menino! Quando você for mais velho, entenderá. Na verdade, eu acho que você já entende, não é? Você sabia do risco e mesmo assim trocou a gema pela chance de voltar para seu mundo. Você não é tão diferente de nós. Egoísmo e ganância são faces da mesma moeda.

Kaio não conseguia acreditar no que ouvia e via a sua frente. Conhecia a feiticeira, ela o tinha ajudado, salvou a vida de Luca! Cuidou deles com carinho, ofereceu deliciosos doces para a viagem, sempre falava com mansidão, nada igual ao tom que ela impelia neste momento! Não conseguia acreditar que ela estava disfarçada todo esse tempo. Ainda sim, seus olhos não o deixavam se enganar. Aquilo realmente estava acontecendo. Era real. Por mais que quisesse que tudo fizesse parte de um grande pesadelo, sabia que não era o caso. Os olhos e sorrisos maliciosos de Cassandra e o Burgomestre eram evidências mais do que suficientes para saber que tinha sido usado e enganado como uma criancinha ingênua pela feiticeira. Kaio nem sequer sabia como se sentir, um mix de sentimentos tomava conta de seu coração. Um furor raivoso pela traição, medo de nunca mais voltar para casa e uma tristeza profunda ao pensar em Raoni e nos outros caiporas, na vila de Alanoude, nas belas árvores vermelhas, na Grande Árvore Vermelha, no Anhangá. E todos os outros que decepcionou. Aos poucos, o sentimento de ira foi ganhando mais força que os outros e precisava tentar fazer alguma coisa. Tudo aquilo era sua responsabilidade, sua culpa. Não podia deixar assim.

Com as últimas forças de esperança, empunhou sua espada. Precisava recuperar a gema.

— Tolo! Acha que consegue me enfrentar? — falou a feiticeira. — É tarde demais para fazer qualquer coisa. Guardas! Prendam ele!

E antes que pudesse dar um golpe sequer, Kaio estava cercado. Uma cacetada com o cabo de uma espada na sua nuca decretou sua derrota e ele caiu no chão, apagado.

CAPÍTULO 25

Kaio foi jogado no calabouço e com um estrondo as portas de ferro se fecharam atrás de si. A escuridão abraçou a prisão, salvo alguns feixes de luzes vindo de tochas na parede. Aprisionado e sozinho. Não havia nada que pudesse fazer para evitar o ataque iminente ou mesmo avisar do perigo. Alanoude seria assaltada e acreditava que nem mesmo o Anhangá conseguiria socorrê-la.

Kaio puxou suas pernas para perto de seu corpo e afundou seu rosto entre os joelhos querendo se esconder de tudo que estava acontecendo.

Dessa vez, não conseguiu segurar mais o choro, e lágrimas escorreram por seus olhos aquecendo sua bochecha naquela cela gelada. Desejou que sua mãe estivesse ali para consolá-lo. Viveria condenado em Bravaterra pelo resto da vida, solitário e triste naquela cela. Esse era seu destino. Falhou em tudo que colocou a mão. Sua última conversa com sua mãe foi uma intensa discussão no carro onde falou coisas que gostaria de desfazer. Em Bravaterra brigou com Luca e Yara. Até os caiporas traiu roubando a Gema do Anhangá e entregando nas mãos da terrível Cassandra. Não tinha mais ninguém para se socorrer ou confortar se não suas próprias lágrimas no silêncio da cela. Tudo que lhe restava era lamentar seus erros. E assim continuaria fazendo se não fosse o barulho de tossida ao lado que cortou seus pensamentos o fazendo levantar o rosto e limpar o nariz com a mão. Talvez não estivesse tão sozinho quanto pensava.

— Quem está aí? — perguntou com a voz frágil.

— Kaio, é você? — respondeu a sombra da outra cela.

O menino ergueu-se surpreso por ouvir seu nome, se aproximou da grade de ferro e identificou um conhecido na cela em frente.

— LUCA?! Sou eu mesmo! Que bom te ver! O que você está fazendo aqui? Achei que você tivesse ido embora.

— É uma longa história. Eu te conto. Mas antes, você está bem?

— Tão bem quanto alguém preso poderia estar — respondeu melancólico.

Luca abaixou a cabeça e o tom de voz, parecendo quase um sussurro.

— Eu fiquei bem preocupado. Depois daquela nossa discussão, percebi que não podia ter deixado você ir para a floresta sozinho. Eu fui covarde e te acusei injustamente. Você tem agido como um amigo até agora e foi errado eu querer culpar você pelas minhas confusões com Yara. Peço desculpas...

— Não fala assim, Luca. Você tem sido muito corajoso! Salvou a vida de Yara na Selva Peçonhenta e desafiou o Gorjala quando eu fui capturado. Eu que preciso pedir perdão. Só tenho feito besteira até agora. Agi como um egoísta, como se só os meus problemas fossem importantes... Espero que você possa me perdoar.

Luca deu um pequeno sorriso do outro lado do calabouço e Kaio retribuiu com o mesmo gesto. Amigos de verdade não precisam de muitas palavras e discursos para perdoarem, e como era o caso, bastou aquele gesto para saberem que estavam bem novamente.

— E como você veio parar aqui? — perguntou Kaio, mais uma vez.

— A feiticeira! Na verdade, feiticeira coisa nenhuma, é uma bruxa! Ela me colocou aqui! Me enganou! Depois que você foi embora, Yara disse que precisava investigar algo e desapareceu, então fiquei esperando Cassandra, quando ela chegasse talvez pudesse me ajudar a te encontrar na floresta. Quando chegou na cidade, eu fui atrás dela e, sem querer, ouvi ela conversando com o Burgomestre. Ela disse que estava esperando você trazer a gema porque assim poderia sumir com o Anhangá e invadir a floresta atrás das árvores vermelhas. Ela também mencionou um povo que vive lá.

— Os caiporas! — cortou Kaio. — Eu estraguei tudo... — completou, taciturno. — Eles são um povo que vive dentro da selva e protegem a floreta. Eles me receberam e cuidaram de mim, e no final, eu roubei a gema deles para voltar para casa. Aquela bruxa velha já está com a gema e fechou o portal do Anhangá. Eu não acredito que fiz tudo que ela queria! Eu sou muito burro! Burro!

— Não tinha como você saber. Ela tapeou todo mundo. Eu ouvi falar que vão atacar ainda essa noite... Agora é tarde demais para fazermos qualquer coisa.

— Tão cedo! — disse Kaio caindo no chão. — Nós precisamos avisar eles! Não posso deixar isso acontecer. Precisa ter um jeito de sair daqui! — exclamou puxando as grades de ferro em uma tentativa fútil de fugir.

— Você não vai conseguir fugir assim...

— Eu preciso tentar alg... — mal conseguiu terminar de falar quando foi interrompido por uma explosão.

Kaio protegeu os olhos do vendaval de poeira que se levantou no calabouço.

— O que foi isso? — disse tossindo.

— O mundo tá acabando! — respondeu Luca.

Kaio ergueu os olhos e viu apenas uma forma entre a sujeira. Aos poucos, foi clareando-se e logo reconheceu o arco e a amiga.

— Achei que vocês estavam precisando de uma ajuda.

— Yara! — gritaram Kaio e Luca.

A amazona, sem perder tempo, entrou na prisão e começou a procurar uma chave.

— Uau! Isso foi incrível! Como você fez? — perguntou Luca impressionado, ainda olhando para a parede destruída.

— Uma flecha gnômica. Vou chamá-la de Seta Labareda! Agora tenho apenas duas. — Apontou para a aljava.

— Você deu um nome para seu golpe especial! — disse Kaio entusiasmado em vê-la seguindo seu conselho.

— Achei! — comemorou Yara pegando as chaves em uma gaveta. — Aqui estão suas coisas também. A espada e a capa. — Espera aí! Não tem nenhum guarda para eu enfrentar? — perguntou, desapontada.

— Acho que estão todos se preparando para invadir a Floresta — comentou Kaio.

— Você voltou para nos salvar. Eu achei que você tinha ido embora para sempre — disse Luca, coçando a cabeça encabulado.

Yara sorriu e abriu a cela do menino moreno.

— É claro que eu voltaria por vocês. Quando Pedro comentou que ela estava recebendo dinheiro de impostos para usar sua magia, desconfiei de algo. Magos e Feiticeiros normalmente não vivem atrás de dinheiro. Ainda mais de impostos de uma cidade pobre! Então fui investigar e descobri que a assombração que protegia a floresta era o próprio Anhangá. Imaginei que ela queria a gema.

— Para entregar a floresta pro Burgomestre e roubar a magia que tem lá — complementou Kaio.

— Eu tentei avisar que tinha algo estranho — respondeu Yara, firme, enquanto corria até a cela de Kaio.

— Eu sei, Yara. Me desculpa pela forma como agi. Eu fui egoísta e não dei ouvidos a vocês — comentou arrependido.

— Nunca nadamos nas mesmas águas. Não se preocupe com isso. — Deixou sua boca se curvar em um leve sorriso e destrancou a cela.

Kaio abraçou-a com o braço direito e puxou Luca para perto com a outra mão.

— Obrigado — agradeceu.

Luca os envolveu com seus braços e, por fim, Yara fez o mesmo. Os três ficaram ali abraçados por alguns segundos, como se o mundo tivesse parado. Nos braços um dos outros, encontraram a segurança que precisavam, mesmo em meio a uma cela escura.

— Precisamos correr! — alertou Luca, de repente, como alguém que se lembra de algo importante. — Talvez ainda dê tempo de avisar os caiporas.

— Você tem razão, Luca! — concordou Kaio.

— Caiporas? Existem caiporas por aqui? — rebateu Yara.

— Na Floresta Sombria! Eles que protegiam a gema. Eu preciso avisá-los do ataque!

— Então nós precisamos ir agora! A cidade está uma loucura, no centro havia vários soldados se preparando para um ataque.

Kaio concordou com a cabeça, mas então percebeu que não podia fazer isso. Não podia levar Luca e Yara para o meio do conflito. Eles já tinham se arriscado muito por ele e era sua responsabilidade consertar o estrago que tinha feito. Por mais que gostaria de mantê-los por perto, era hora de lutar sozinho.

— Não posso pedir para que vocês venham comigo — falou decidido. — Será perigoso demais.

Luca e Yara se entreolharam, como se ignorassem o comentário. Luca chegou até a soltar um "tsk, tsk!". E foi ele quem disse:

— Amigos cuidam uns dos outros.

CAPÍTULO 26

— Você tem certeza que é por aqui? — perguntou Luca em meio à respiração ofegante.

— Tenho, sim! Vamos! Não temos tempo a perder! — gritou Kaio enquanto corria mais à frente liderando o grupo de amigos dentro da Floresta Sombria.

Agora que conhecia o caminho e sabia o que esperava, adentrar a floresta foi muito mais fácil do que na primeira vez. Não precisava se preocupar em ser atacado por uma assombração ou qualquer outra criatura misteriosa; além do mais, não estava sozinho, seus amigos o acompanhavam, o que o enchia de coragem. Se isso não fosse o bastante, ainda havia a motivação de salvar os caiporas e a aldeia de Alanoude.

Kaio se movia sem hesitar, havia muita coisa em jogo.

— Espera! — alertou Yara.

— Nós estamos quase chegando. É por ali, na direção da luz — apontou Kaio e sentiu sua voz morrer.

Já havia escurecido e sabia que Alanoude estava há algumas milhas de corrida. Não deveria haver luzes vindo do meio da mata. Kaio parou e percebeu cinzas vindo do céu trazidas pelo vento e pássaros voando na direção oposta. Então, entendeu o que era aquela luz no meio da floresta.

Fogo.

As árvores estavam em chamas.

— Não, não, não! Isso é muito pior do que eu imaginei! — falou assombrado.

— Não podemos parar agora! — disse Yara enquanto enrolava um pedaço de pano em torno do rosto para não respirar a fumaça.

Kaio confirmou com a cabeça e fez o mesmo que ela. Seguiram adiante, contornando a área incendiada. Seu coração amargurou-se ao ver os animais correndo desesperados do incêndio. Contudo, não podia fazer nada agora para ajudá-los. O melhor que podia fazer no momento era alcançar os caiporas e eles saberiam o que fazer.

Conforme corriam até Alanoude e as chamas ficavam para trás, o estalar do fogo desapareceu e deu lugar à penumbra da noite e o som de passos. No começo, era um som frágil, como o gotejar de uma torneira, e depois começou a encorpar e fazer a terra tremer em um pulso constante. Em seguida, vieram gritos e explosões.

Kaio correu na direção do som e alguns pontos de luz começaram a surgir da escuridão; logo pôde ver centenas de soldados marchando com tochas na mão em direção à aldeia, e outros tantos batalhando contra os caiporas. Finalmente tinha alcançado a batalha.

Os habitantes da floresta lutavam com arcos e lanças, pulando entre árvores. Alguns montavam enormes javalis e corriam para o ataque como rolos compressores. Porém, apesar de fortes e habilidosos, os homens de Porto Esbravaldo estavam em número muito maior e carregavam armas a base de pólvora que causavam grande estrago. Mesmo de longe, Kaio conseguiu ver as crianças fugindo para dentro da floresta acompanhada de algumas mulheres. Pequenos incêndios se alastravam em cantos diferentes da aldeia. Os homens faziam isso como forma de assustar os caiporas.

Kaio levou as mãos à boca incrédulo com a batalha sangrenta que estava diante de si. Seus olhos lacrimejaram e pesou-lhe uma profunda tristeza. Então, sua tristeza se transformou em ira. Seu rosto tomou um contorno rígido. Sua mão foi automaticamente para o cabo da espada e a desembainhou, pronto para lutar. Mas tão de repente quanto, uma mão o puxou pela gola o derrubando atrás de um arbusto.

Luca fez um sinal de silêncio com o dedo e em seguida, apontou para um grupo de soldados que passava pela direita.

— Eu não gosto disso — disse um dos soldados. — Atacar aqueles malucos, ok. Mas queimar a floresta parece uma roubada. Vai dar problema para nós depois.

— Ordens direta do Burgomestre — disse outro. — Você quer desobedecê-lo?

— Não, claro que não — respondeu abanando as mãos. — Apenas não vejo muito sentido. Não queremos vender a madeira depois?

— Não temos como vender se não expulsarmos aqueles doidos da floresta primeiro. Se eles fugirem, vai ser difícil persegui-los pela mata. É melhor atear o fogo em uma parte e acabar com todos eles.

— Além do mais — comentou um terceiro —, isso tem a ver com aquela bruxa, também. Eu a escutei falando que seu feitiço não estava completo e precisaria dar uma passada em uma árvore ou grande árvore, algo assim, para acabar com isso. Se alguém soubesse de alguma coisa sobre essa tal árvore, deveria comunicá-la. Achar uma árvore na floresta, só me faltava essa. Eu não sei qual a dela e prefiro não me envolver, só sei que precisamos criar uma distração.

— Magia... isso me dá calafrios. Igual a essa floresta — comentou o primeiro se distanciando a passos largos e desaparecendo na mata. — Que ela faça o que tiver que fazer.

Kaio escutou aquilo tudo, mas o ímpeto de lutar era maior. Tentou avançar de novo, mas outra vez foi contido pela garota.

— Por que não me deixa lutar? — reclamou Kaio, nervoso, balançando os braços. — Nós precisamos ajudar os caiporas.

— O que você está fazendo? — perguntou Yara, levantando a voz, exaltada. — Se você for lá desse jeito, só vai morrer!

— Nós não podemos fazer nada — argumentou Luca, melancólico. — Queríamos apenas avisá-los, mas é tarde demais.

— Não pode ser tarde demais... Não pode. Tem que haver outro jeito — insistiu Kaio, chutando um galho seco no chão.

— Nós somos apenas crianças. Se até a Yara, que é treinada, sabe que não podemos lutar, o que nos resta? — completou Luca.

Kaio não queria aceitar as palavras de Luca, mas, no fundo, sabia que ele estava correto. Que diferença ele e sua espada gnômica poderia fazer em uma batalha? Na melhor das hipóteses lutaria contra dois ou três homens antes de cair morto em combate, e os lenhadores terminariam destruindo a floresta da mesma forma. Isso considerando que para começo de conversa ele conseguiria lutar contra dois ou três homens.

Repetia para si mesmo que precisaria haver outro jeito. Porém, quanto mais pensava no assunto mais se entregava a derrota. Não conseguiria enganar aqueles homens como fez o gigante na caverna. Não conseguiria assustá-los com seu celular ou sequer desviar sua atenção como fez com o fogo-morto. Era apenas uma criança contra centenas de homens.

Luca estava certo. Não poderia alterar a maré daquela batalha sozinho.

Sozinho.

Não precisava vencer sozinho.

— O Anhangá! É isso! — exclamou contente.

— Como assim o Anhangá? — questionou Yara, confusa.

— Um dos soldados falou que o feitiço ainda não está completo! Nós precisamos recuperar a gema e trazer o Anhangá para cá! Ainda temos como salvar os caiporas. Nós não podemos lutar essa luta, mas ele pode!

— Isso pode dar certo — comentou Yara baixinho.

— Eles falaram que a bruxa está indo para alguma árvore. Como vamos achá-la? Estamos em uma floresta! Só tem árvores por aqui! — perguntou Luca.

— Mas não é qualquer árvore. É a Grande Árvore Vermelha! Eu sei onde é.

— Vamos, então! Não podemos perder tempo! — apressou Luca animado com a luz no fim do túnel.

— Esperem! — afirmou Yara. — Antes, precisamos de um plano. Ela é poderosa demais para irmos sem pensar em nada.

— E você tem alguma ideia?

Ela colocou o dedo no queixo, batendo-o enquanto pensava.

— Acho que sei o que fazer! — respondeu, por fim.

CAPÍTULO 27

Kaio afastou com a mão o galho que o estava incomodando. Quando Yara contou o plano, pareceu que daria certo, mas agora, de cima daquela árvore, ele não tinha tanta certeza.

A noite estava tão escura que não se via a lua no céu. Aquilo fez seu corpo estremecer. Com o polegar para baixo, fez um sinal negativo e viu Yara e Luca repetindo o símbolo de outras árvores. Não havia nenhum vestígio sequer de Cassandra, o que apenas aumentava sua desconfiança. *Será que ela não está vindo para A Grande Árvore Vermelha?* Aquela trilha era o único caminho possível.

Kaio mordeu o lábio, ansioso. Tinha certeza ter escutado os soldados comentando que ela estava a caminho da "grande árvore". Não poderia haver outra grande árvore senão A Grande Árvore Vermelha. Ela era única. Sabia disso. Ele estava no lugar certo. Então, onde ela havia se metido?

De longe, ouvia os sons da batalha que ainda se prolongava em Alanoude. A cada minuto que passava, se perguntava quanto mais tempo os caiporas seriam capazes de aguentar. *Vamos, cadê você, Bruxa?* De seu esconderijo distante, examinou novamente a árvore vermelha anciã e não havia nada de errado nela. Não conseguia entender o que estava faltando. Luca e Yara vigiavam pontos diferentes, mas aquele lado da floresta parecia tão calmo como qualquer outro dia. Então, um pensamento assustador percorreu sua mente. Estaria ele atrasado? E se Cassandra já tivesse selado o portal de vez e eles estivessem ali, esperando o nada? Descartou essa ideia. Se fosse o caso, eles provavelmente teriam esbarrado com ela na trilha. Ele sabia que tinha chegado antes. Diferente de Cassandra, ele conhecia o caminho e a floresta. Então não desperdiçou sua única vantagem. Ela logo estaria ali, sabia disso.

Embora seus olhos estivessem acostumados com a penumbra, era difícil diferenciar as formas na escuridão. Deu um tapa de leve no próprio rosto para se manter atento, pois suas pálpebras estavam perdendo força e pedindo para se fecharem. *Ainda não, muito cedo.* Não deveria estar com sono assim. Deu outra olhadela para seus amigos e viu Yara apontando para o ouvido. Foi quando percebeu que realmente tinha um som estranho vindo da floresta. Não era os gritos e explosões do combate, era o som de uma canção. Uma música suave e envolvente. Aos poucos, foi entendendo as palavras.

Nana, neném
Que a Cuca vem pegar
Papai foi na roça
Mamãe foi trabalhar

A canção, ainda que quase inaudível, parecia preencher sua cabeça e seu coração de harmonia. Seus olhos foram ficando ainda mais pesados, sua mão deslizou do tronco onde estava apoiado e, quando viu, estava caído no chão. Levantou-se na mesma hora. *Que perigo!* Se tivesse caído de cabeça, poderia ter se machucado gravemente.

— Ora, ora, ora. O que você espera conseguir aqui, Kaio? Realmente achou que não perceberia sua presença?

— Cassandra! Ou melhor... Cuca! — falou exasperado. — Eu vou te parar!

A bruxa sorriu. — E como pretende fazer isso?

Moveu a cabeça buscando Yara e Luca, e eles pareciam cochilar sobre as árvores. Percebeu que se não tivesse caído, provavelmente estaria na mesma situação.

— Ah, sim, vejo que não veio sozinho, desta vez. Porém, não conte com seus amigos, eles não vão acordar tão cedo — provocou em tom soberbo. — Pergunto novamente, como pretende fazer isso?

Kaio empunhou sua espada.

— Vou recuperar a gema de qualquer jeito. Você não vai selar o portal para o Anhangá.

— Selar o portal? Oh, meu querido, é isso que você acha que vim fazer aqui? Não, não, nada disso. — Balançou o dedo indicador em negação. — Eu vim usar o poder da árvore para abrir o portal! Abrir para o grande mal! Eu sou apenas aquela que adormece, mas ele é aquele que invade os sonhos e cria os pesadelos.

Kaio deu um passo para trás, de olhos arregalados.

— Do que você está falando?

— Não se preocupe com isso, você não precisará conhecê--lo. — Puxou uma varinha de suas vestes. — Chega de conversa. MORRA!

A varinha disparou uma luz púrpura em sua direção. Kaio se abaixou rapidamente, desviando da magia. Ao olhar para trás, viu o arbusto atingido se decompondo.

Essa foi por pouco!

— YARA! LUCA! — gritou Kaio, como último recurso.

— Ah, a esperança humana. Eu já disse, eles não vão acordar tão cedo — disse a bruxa com um olhar zombeteiro.

— AGORA! — gritou novamente enquanto colocava as mãos sobre os ouvidos.

Um disparo de flecha desembestou rapidamente no ar até atingir o solo perto de Cassandra, para surpresa dela. A seta começou a emitir um som agudo e penetrante como mil lousas sendo arranhadas ao mesmo tempo. A feiticeira tapou os ouvidos com as mãos enquanto bramia gritos de ódio. Luca apareceu como um fantasma e agachou-se atrás dela. Kaio aproveitou e a empurrou usando o corpo do menino como pedra de tropeço, derrubando-a. A gema rodou pelo chão e Yara conseguiu pegá-la, se reunindo aos amigos.

— Conseguimos! Conseguimos pegar a gema! — celebrou Luca. — Não acredito que deu certo!

Yara apontou para um algodão preso em seu ouvido. — Eu falei que funcionaria!

— Tivemos sorte, também! — falou Kaio.

— O quê?! Não ouvi direito! — reclamou Luca devido ao som da flecha.

— Nós tivemos sorte! Se não fosse o algodão, por causa da flecha sônica, acho que nós todos teríamos caído em sono profundo em vez de um cochilo — repetiu Kaio berrando dessa vez.

— Tudo calculado — disse Luca, confiante.

— Você não acabou de falar que não acreditava que deu certo? — zombou Kaio ainda falando alto.

— Gente, foco! Como chamamos o Anhangá agora? — perguntou Yara.

— Tenta falar o nome dele para a gema — sugeriu Kaio.

— Anhangá? Anhangá! — gritou Yara levantando a gema aos céus.

— Ué? Não deveria acontecer alguma coisa? — questionou Luca, intrigado.

— Quando a bruxa fechou o portal, vi um brilho. Acho que devia acontecer algo, assim.

— E agora? Ela está levantando! — apressou Luca.

— Vamos levar para os caiporas! Eles devem saber o que fazer! — concluiu Kaio.

Porém, antes mesmo de se mover, outro raio de luz roxa passou voando perto dele, correndo as plantas da trilha até a Alanoude. Não precisava chegar perto daquele veneno para saber que era má ideia tentar passar por ali.

— Não tão rápido assim, crianças. Vocês me irritaram agora! — disse ela em tom sombrio, quebrando a flecha com as próprias mãos e trazendo o silêncio de volta à floresta. — Eu não terei mais misericórdia. Vocês verão meu verdadeiro poder! O poder da Cuca!

Com essas palavras, ela soltou o que pareceu um guincho de dor e escondeu a cabeça entre os braços. Seus pés se tornaram presas e fincaram no chão com força. Seus ombros se alargaram e sua pele ganhou uma cor esverdeada. Uma cauda começou a surgir em suas costas. Seu corpo estava cada vez maior. Algumas escamas irromperam de seus braços e pernas. As unhas deram lugar a garras. Seu rosto se esticou e dentes afiados cresceram.

Kaio ouviu um pequeno sussurro de Lucas dizendo "deu ruim!" antes de perceber que a bruxa tinha se transformado em um enorme jacaré de duas pernas.

A Cuca.

— O que nós fazemos? — perguntou Luca.
— Fugimos? — sugeriu Kaio.
— Fugimos! — confirmou Yara, puxando o bonde para o outro lado.

Mal andaram e outro disparo de luz roxa passou voando pela floresta, e dessa vez, derrubando uma árvore. O caminho estava bloqueado por todos os lados. O crocodilo-fêmea os cercava como um predador agitado ansioso por capturar sua caça.

— Não tão rápido. Nós estamos apenas começando — falou a mulher-réptil com sua voz aterrorizante, erguendo a varinha e atirando novamente.

Kaio olhou para os dois lados sem saber para onde correr. A luz estava se aproximando quando viu Luca tomando a frente e os abrigando com sua capa. A magia não surtiu efeitos.

— Nós vamos lutar! — falou o menino.

Kaio abriu a boca sorridente e concordou com a cabeça. Uma rápida troca de olhar foi suficiente para saber que Yara também estava de acordo.

— E o que vocês acham que podem fazer contra mim, criancinhas? Eu vou ficar com essa gema! Custe o que custar! — Levantou a mão pronta para desferir outro golpe.

— É com você, Yara! — gritou Kaio.

Com toda a aptidão conhecida de seu povo, a amazona puxou rapidamente uma flecha de sua aljava e disparou, atingindo em cheio a varinha da bruxa, lançando-a ao ar.

— Ótimo tiro! — elogiou Luca.

— Minha vez! — falou Kaio, brandindo sua espada e desferindo um golpe vertical no tórax da bruxa.

A Cuca deu um passo para trás com um grito de dor e levantou as garras na direção de Kaio. Uma pedra veio voando do estilingue de Luca, acertando o olho direito da bruxa, que deu outro passo para trás.

— Ótimo tiro! — disse Yara retribuindo o elogio.

Kaio aproveitou a brecha e golpeou a resistente perna da Cuca, que mal sofreu um arranhão. Mas pelo menos, deslocou seu corpo a derrubando de joelhos no chão.

— Acho que vencemos... — falou Kaio apontando sua espada para a garganta da criatura que um dia foi uma formosa mulher.

A bruxa bufou.

— Quem vocês pensam que são?! — Rugiu a bruxa ardente em fúria e com sua cauda atacou Kaio como uma serpente, o fazendo girar no ar e por fim, cair de costas em um tombo dolorido. Antes de conseguir se levantar, o rabo da jacaré voltou a atacar novamente como um soco no estômago. A Cuca se levantou e deu um passo para frente, deixando na terra a marca de sua pata, e tomou de volta sua varinha.

Kaio, murmurando do chão por causa da pancada, viu as feições de Luca e Yara serem tomadas pelo medo.

— Agora os dois empecilhos! — disse a Cuca com as pupilas dilatadas de raiva.

Outro tiro da varinha percorreu a floresta, passando diretamente por Luca e Yara, e atingindo uma árvore atrás.

— Essa chegou perto! — avisou Yara. — Nós precisamos fazer alguma coisa!

— Perto? Eu acertei exatamente onde queria — gargalhou a bruxa.

Luca se virou para trás a tempo de ver o tronco da árvore, corroído pelo veneno do feitiço, perder força e tombar em sua direção. Com um empurrão, afastou Yara do perigo, mas não conseguiu fugir da árvore.

Yara levou as mãos ao rosto sem acreditar no que via.

— Não se preocupe com ele, logo chegará sua vez — afirmou a Cuca.

Uma veia saltou do pescoço de Yara e sua mandíbula apertou-se em uma expressão de fúria.

— Você! Vai morrer hoje, criatura das trevas!

Ligeiramente, armou uma flecha no arco e disparou acertando o ombro da bruxa, que grunhiu em dor, mas se recusou a parar. Outra flecha voou até ela, porém, desta vez, bastou um pequeno movimento com a cabeça para se esquivar. A criatura foi ficando maior perto de Yara até que a alcançou e a levantou pelo pescoço com suas garras.

— Você não vai escapar! — falou Yara com dificuldade devido sua garganta amassada.

— Eu quem deveria estar falando isso, não é? — gargalhou a Cuca.

Yara tentava se livrar, em vão, do domínio da bruxa. Seu rosto avermelhou, sufocado, e aos poucos a garota fechou os olhos.

Com as outras garras, Cuca rasgou a sacola de Yara, deixando a Gema do Anhangá escorrer até a palma de sua mão. Assim que botoú os dedos na tão preciosa joia, largou a amazona que despencou apagada.

— Eu venci! — decretou a bruxa em meio às risadas, desaparecendo na escuridão da floresta.

CAPÍTULO 28

Kaio se levantou com dificuldade, grunhindo de dor. Quando foi atingido pelo golpe da cauda da Cuca, caiu de mal jeito, torcendo o tornozelo. Mas nem sequer conseguiu pensar na sua dor, precisava ver se Lucas e Yara estavam bem. Não se perdoaria se algo acontecesse a eles.

— Luca! Yara! — gritou na expectativa de uma resposta.

Não houve.

Gritou de novo com mais força.

Quando a árvore caiu, subiu uma nuvem de poeira que o impediu de ver o que tinha acontecido com os outros. Apenas podia torcer para que estivessem bem.

— LUCA! YARA! — bramiu com o resto do fôlego que ainda possuía.

Silêncio.

— LUCA! YARA! Por favor... — chamou-os mais uma vez.

Estava para desabar em choro quando seus ouvidos tremeram ao ouvir uma voz conhecida e fraca vindo não de muito longe.

— Kaio...

— Luca?! Onde? Cadê você?!

— Aqui... perto da árvore.

Kaio balançou a cabeça de um lado para o outro e avistou o amigo deitado no chão, debaixo da árvore corroída. Sem pensar duas vezes, disparou em corrida até Luca, que parecia estar sendo esmagado por aquele tronco enorme.

— Você está bem?! Como você está respirando debaixo desse treco?

— Eu... estou... bem — respondeu com dificuldade. — Aquela pedra está apoiando o tronco... ele não está exatamente sobre mim. Está pressionando um pouco... mas não está machucando... O problema é que não consigo sair daqui... Tem como dar uma mãozinha?

— Até duas! — respondeu sorrindo e puxando Luca pelo braço.

Luca deu uma respirada funda ao se erguer.

— Ufa, bem melhor assim. Pensei que iria morrer.

— E Yara, onde ela está? Você viu o que aconteceu?

— Ela está logo atrás daquele arbusto! Cassandra a arremessou por ali. Vem comigo.

Tentando ignorar a dor do tornozelo, mas mancando, Kaio seguiu

Luca até o local apontado, onde encontrou a menina caída desacordada no chão e com os arranhões das garras da Cuca em seu pescoço. Kaio sentiu um embrulho no estômago ao pensar no pior, mas logo tranquilizou-se ao perceber que ela estava respirando.

— Só está desmaiada — falou Luca com a voz frágil. — Nós fomos derrotados.

— Ainda não. Eu vou atrás dela — disse firmemente.

— E fazer o quê? — perguntou incrédulo.

— Alguma coisa. Não sei. Eu não posso ficar parado.

— Então eu vou com você! — afirmou Luca pegando seu estilingue.

— Não! Você precisa ficar com a Yara. Eu vou sozinho.

— Espera... — falou a amazona com dificuldade, com olhos entreabertos, para o choque dos meninos.

— Yara! Você precisa se recuperar! — aconselhou Luca seriamente.

— Ele está certo! Não tente falar nada.

A garota ignorou a recomendação dos dois e com muito esforço puxou uma flecha gnômica, a última de sua aljava.

— Leva isso com você... — balbuciou.

Kaio abriu a boca surpreso e tomou a flecha com um aceno de cabeça.

— Eu também tenho algo para você — disse Luca aproveitando o momento e despindo-se da Capa de Proteção. — Tenta não depender dela.

— Pode deixar! Eu vou trazer a gema de volta! Vejo vocês daqui a pouco! — afirmou colocando o melhor sorriso que podia no rosto.

Kaio acelerou o passo e lançou-se na floresta na direção que a bruxa tinha ido. Em direção A Grande Árvore Vermelha. Kaio ainda não estava pronto para desistir. No fundo, sabia que Luca estava certo. Eles haviam sido derrotados. Tinham subestimado sua inimiga e acabaram pagando o preço. O plano acabou mostrando-se ineficaz contra os poderosos feitiços de Cassandra. Mas assumir a derrota agora seria desistir dos caiporas e da floresta. E simplesmente, não podia aceitar essa hipótese. E não apenas isso: a Cuca tinha dito que usaria a gema para abrir uma porta para um ser ainda pior do que ela. O "pesadelo". Não fazia ideia do que ela quis dizer com aquilo, mas tinha certeza que nada de bom viria de algo chamado assim.

Preciso vencer dessa vez.

Com passos longos e doloridos, percorreu a trilha o mais rápido que pode, desviando de galhos e folhas que surgiam na rota, até visualizar uma luz esmeralda vindo de perto da Grande Árvore Vermelha. Cassandra, em sua forma réptil, segurava a gema que irradiava as cores e sussurrava algumas palavras baixinho. Não teve dúvida que ela estava invocando um feitiço. Precisava parar ela de qualquer forma, antes que fosse tarde demais. Com poucas alternativas, fez o que qualquer um poderia fazer para chamar atenção: gritou com toda sua força até suas cordas vocais arranharem para desviar a atenção da bruxa.

— Vem me pegar! Bruxa velha!

— Você?! — falou a Cuca com olhos flamejantes de fúria ao ser interrompida.

Kaio sorriu ao ver que tinha conseguido pará-la por ora. Porém, seu sorriso logo se desfez ao perceber que a bruxa não estava para brincadeira e um raio de luz púrpura dardejou em sua direção. Saltou para trás de uma árvore, esquivando-se da magia.

— Você vai morrer aqui e hoje, garoto! A chegada do Jurupari é iminente! — ameaçou.

Kaio correu para trás de outra árvore, se mantendo escondido. Precisou respirar fundo para ignorar a dor no tornozelo. Segurou firme a flecha gnômica. Teria apenas uma oportunidade e não podia errar. Precisava dar a volta e acertá-la pelas costas. Viu de longe outro feitiço sendo lançado em vão no seu primeiro esconderijo.

— Cadê você? Cadê você, Kaio? — gritava Cassandra para os quatro ventos.

Se moveu sorrateiramente para trás de um arbusto ao escutar a voz do crocodilo próxima. Faltava pouco.

— Kaio, Kaio, Kaio... eu sempre nutri certa curiosidade por crianças. Vocês são realmente criaturinhas interessantes. Os papais e mamães, com medo de mim, até criaram uma canção para afastar os pequeninos. Você já ouviu? É mais ou menos assim:

Nana, neném
Que a Cuca vem pegar
Papai foi na roça
Mamãe foi trabalhar

Isso de novo não, pensou Kaio ao perceber seu corpo ficando sonolento. Colocou as mãos no ouvido na tentativa de impedir a magia de alcançá-lo, mas a melodia ainda parecia atravessar suas defesas e diminuir suas forças. Se não fizesse nada, logo cairia em um sono profundo. *É agora ou nunca*, concluiu.

Segurou com força a flecha rúnica em uma mão e sua espada em outra, e pulou do arbusto como uma onça pronta para abater sua presa.

A Cuca se virou para Kaio rapidamente, e com os olhos fixados no menino, vociferou o encantamento e lançou uma rajada de seu feitiço roxo corrosivo que explodiu no peito dele, lançando-o ao ar derrotado.

— Te peguei! — gargalhou a bruxa vitoriosa com sua voz estridente. — Uma pena que tenha morrido assim. Mais um pouco e veria de camarote o Jurupari. Agora, vamos acabar com isso.

Puxou a gema de suas vestes e disse algumas palavras baixinho. A pedra mágica voltou a emitir uma luz esmeralda ainda mais radiante do que na casa do Burgomestre. Lufadas de vento começaram a rodear a Cuca. A floresta parecia pronta para uma tempestade.

— Eu posso sentir! As portas para todos os mundos! Onde está você? — Sorriu em satisfação por um momento, mas em seguida seu rosto foi tomado por um assombro e soltou um gemido de dor. Seu braço estava congelando. — O quê? O que está acontecendo?!

Moveu a cabeça a tempo de ver uma seta presa entre suas pétreas escamas.

— Flecha congelante! — disse Kaio, sorrindo.

— Você tinha morrido! Eu vi! Eu te acertei!

Com sua mão esquerda, deu uma leve esticada na capa. — Capa de Proteção gnômica — declarou a ela. E com a outra mão, tomou a gema das garras congeladas da Cuca.

No momento em que tocou a Gema do Anhangá, a luminosidade verde deu lugar a uma claridade de luz branca, quase ofuscante. Sentiu a pedra se aquecendo sob suas mãos. Não sabia explicar, mas de alguma forma entendia que podia se conectar a qualquer lugar, como se fosse carregado por um arco-íris e pudesse ir de encontro ao seu fim. Tanto as estrelas mais distantes, das galáxias mais longínquas, pareciam tão próximas quanto as folhas em que pisava na floresta. Por outro lado, os gritos de desespero da Cuca pareciam quase inaudíveis como o som do gotejar de uma torneira em meio a uma tempestade.

Navegando pelo arco-íris, encontrou sua casa, sua mãe, Bob. Mesmo sem compreender, tinha certeza que poderia alcançá-los. Poderia voltar para seu mundo finalmente. Seu coração palpitou rápido. Aquele era o momento que tanto esperava. Porém, se o fizesse, a floresta ainda permaneceria indefesa. Todos aqueles pelo qual lutou, aqueles que se entregaram por ele, que o receberam e o defenderam, encontrariam seu fim. Não queria dizer adeus, mas precisava seguir um pouco mais adiante. *Eu já volto, mãe.*

Viajando pelo infinito, de repente, Kaio sentiu um mal-estar. Não sabia onde estava. Uma voz grave o chamou: *Kaio, Kaio, venha até mim.* Apesar da voz parecer doce, percebeu que estava mais agitado e ansioso. Um desespero parecido com o sentimento de se afogar tomou conta de si. Quis se debater, mas sentia-se cada vez mais preso como se estivesse sendo sugado por uma força que o arrastava para as trevas. Sem conseguir fugir, lembrou-se de porquê estava ali e gritou! Gritou pelo Anhangá! Precisava encontrá-lo.

Como um relâmpago, uma luz o cegou, então percebeu-se fora daquele limbo e o perigo real estava bem à sua frente. Aquela cabeça de crocodilo parecia mais perto do que antes, seus dentes afiados como lanças enfileiradas.

Cuca puxou seu braço com a gema para perto dela. Agora sabia, mais do que nunca, que não poderia entregar a joia mágica para ela. A gema não era apenas sua passagem de volta para casa, era o caminho de uma força maligna para Bravaterra.

Sem conseguir resistir à sua energia, Kaio viu a joia se aproximar da bruxa e decidiu que não a deixaria ficar com a Gema do Anhangá, custe o que custasse — mesmo que o preço fosse ficar preso em Bravaterra. Então desembainhou sua espada e soltou a gema, com toda sua força atingiu a Gema do Anhangá ainda no ar.

A pedra mágica rachou ao meio. A Cuca guinchou, incrédula.

Então a gema explodiu em um raio de luz e Kaio não viu mais nada depois disso.

CAPÍTULO 29

No momento em que recuperou os sentidos, Kaio percebeu-se numa cama, sozinho. Sua cabeça ainda parecia girar, atordoada pela explosão. Olhou de um lado para o outro e não viu sinal de Cassandra, da Gema do Anhangá, ou de seus amigos. Na verdade, pouco lembrava do que aconteceu. Sua última memória era de golpear a joia e vê-la rachar. Será que os caiporas estavam bem? E Luca e Yara?

Tentou se levantar e foi afligido por um pouco de dor no tornozelo; nada que o impedisse de andar, mas o suficiente para saber que não estava totalmente recuperado. Também notou que seu pé estava enfaixado e ficou surpreso por alguém ter cuidado dele.

— Kaio! Você acordou! — falou Luca ao abrir a porta do quarto.

Kaio ficou satisfeito em ver alguém conhecido em seu mar de confusão.

— O que está acontecendo? Nós vencemos? E Yara? A bruxa? Onde nós estamos? — perguntou ainda atordoado.

— Estamos em Alanoude. Yara está bem. E acho que vencemos, graças a você. Na verdade, ainda tem muita coisa acontecendo. Logo você vai ficar informado de tudo.

— Graças a mim? Como assim?

— Fica tranquilo, suas respostas serão respondidas. Mas não por mim. Pediram para avisar o cacique assim que você acordasse. Ele quer falar com você...

— O cacique? Raoni Teçá? — perguntou Kaio, engolindo em seco ao lembrar que para começo de conversa toda aquela guerra era culpa dele. Fora ele quem havia roubado a Gema do Anhangá, deixando a floresta em perigo.

— Vai ficar tudo bem — disse Luca tentando trazer algum ânimo a ele enquanto deixava o quarto.

Apesar das palavras do amigo, Kaio não ficou menos desconfortável com a ideia de confrontar Raoni. Sabia muito bem o que tinha feito e esperava uma grande bronca (e com razão) do velho ancião da aldeia na floresta. Tinha traído sua confiança e dos outros caiporas, e uma pena severa não seria nada mais do que merecida, por isso quando viu o homem de barba grisalha e cabelos cilíndricos entrando no quarto, quis se esconder debaixo de seus lençóis.

Raoni puxou uma cadeira e sentou-se sem demonstrar nenhum tipo de expressão que indicasse o que estava passando pela sua cabeça. Com a maior calma do mundo, tomou seu cachimbo do bolso e acendeu-o.

— Temos que parar de nos encontrar assim, não é? Em um leito, recuperando-se — finalmente falou após baforar um anel de fumaça.

— É o que eu gostaria — pausou, tomando coragem. — Antes de mais nada. Raoni, eu... quero pedir perdão pelo que fiz. Se eu não tivesse roubado a gema, nada disso teria acontecido. A culpa é minha pela guerra e a destruição. Você tinha me dito que não podia tirar a gema da floresta e mesmo assim, eu fiz. Me perdoa... — terminou de cabeça baixa.

O velho homem ergueu uma sobrancelha.

— O que você fez foi muito errado mesmo. Nos traiu e nos roubou. Motivado pelos seus desejos egoístas, fez o que era melhor para você e simplesmente nos ignorou. Mas a culpa da guerra não é sua, de jeito nenhum. Não foi você que levantou sua espada e sua arma contra meu povo, ou que jogou fogo em nossas florestas. O que você fez foi grave, mas você não é culpado pela ganância daqueles homens. Cada um é responsável por suas próprias ações.

— Mesmo assim — argumentou Kaio, entristecido —, se não tivesse pego a gema, todo esse sofrimento não teria acontecido.

Raoni afagou sua barba, pensativo.

— Talvez sim, talvez não. Nunca teremos como saber. Aquela bruxa há muito tempo planejava com o Burgomestre esse conluio. Acredito que mais cedo ou mais tarde uma batalha iria estourar de uma forma ou outra. É claro que não adianta ficar pensando nisso, são apenas suposições e a realidade é uma só. De qualquer forma, nem todo sofrimento é mal, meu caro menino. Às vezes precisamos da dor para curar. Como álcool em uma ferida. É doído, mas necessário. Graças a esse conflito, o Burgomestre foi deposto, e agora há um novo líder na cidade, Pedro. Eu tenho negociado com ele uma trégua e uma parceria sustentável que beneficiaria nós dois. Pela primeira vez em muitos anos, homens e caiporas deverão poder viver em paz nessa região. Talvez por isso o Anhangá não viu perigo em você na floresta. Sua ação causaria uma dor necessária para resolvermos nossas diferenças. Novamente, tudo isso são apenas suposições, é claro. Entender a realidade e todas suas complicações é tarefa árdua demais para mentes pequenas como as nossas. Muitas vezes, o que podemos fazer, é apenas confiar que as coisas foram da maneira que deveriam ser.

Assoprou outro arco de fumaça e observou-o por alguns segundos, em silêncio.

— Enfim, respondendo seu primeiro pedido, meu caro: nós te perdoamos. Claro que você não sairá totalmente impune, esperamos que nos ajude na reconstrução de nossa aldeia. Uma pena justa para o crime. Mas te perdoamos e não guardaremos nenhuma mágoa, disso você pode ter certeza.

Os cantos da boca de Kaio se ergueram em um pequeno sorriso de gratidão.

— Eu vou dar o meu melhor para reparar como eu puder!

— Eu sei que vai! — disse Raoni, pela primeira vez abrindo um sorriso. — Um coração arrependido é terra fértil para aprendizado e amadurecimento e você mais do que provou seu arrependimento. Apesar de não saber todos detalhes, estou a par do grande sacrifício que fez ao destruir a gema.

— A gema? Era a coisa certa a se fazer — falou de cabeça baixa. — A bruxa queria usar ela para invocar um tal de Jurupari... Eu não sei exatamente quem ele é, mas quando a toquei, eu... eu pude sentir sua presença e era perigoso. Não podia deixar ela tomá-la de novo. Então a destruí... mesmo que não consiga voltar para casa novamente.

Um assombro tomou conta do rosto de Raoni, como quem vê um fantasma.

— Qual o problema? — perguntou Kaio, preocupado.

— Jurupari, você disse? — falou Raoni, lentamente e com a voz trêmula. — Faz muito tempo que não ouço esse nome. — Balançou a cabeça. — Bom, não se preocupe com isso. Você fez bem em fechar o portal se ouviu esse nome.

Kaio concordou com um aceno ainda tentando absorver tudo que o cacique tinha falado.

— Posso perguntar uma coisa?

— Se eu souber responder...

— Luca disse que nós vencemos, mas como? Eu vi vocês sendo derrotados, a floresta pegando fogo e com a gema destruída, não puderam chamar o Anhangá.

— Oh, você não sabe o que aconteceu? — perguntou Raoni, abrindo a boca claramente surpreso. — Você nos salvou! Para ser honesto, esperava até que pudesse me elucidar os detalhes. Antes de você destruir a gema, você conseguiu chamar o Anhangá e o protetor da floresta veio ao nosso socorro. Uma tempestade apagou as chamas. O próprio Anhangá confundiu e aterrorizou os soldados, alguns ficaram tão assustados que atacaram seus próprios aliados. Foi tudo muito rápido, mas vimos o veado branco.

— Eu invoquei o Anhangá? Como fiz isso? Eu apenas lembro da Cuca invocando um feitiço então tomei a gema, acho que brigamos por ela e depois a destruí.

O velho afagou a barba outra vez.

— Difícil dizer exatamente. Talvez por tomar a gema no meio do feitiço dela, você conseguiu usá-la para seu próprio interesse. Ou... apesar da nossa última conversa, quando você disse estar cansado de magia, em suas veias corre mais magia do que você imagina. De qualquer forma, você conseguiu chamar o Anhangá e é isso que importa. Quanto à bruxa, ela teve a infelicidade de olhar nos olhos vermelhos do Encantado e perdeu qualquer sanidade que ainda lhe restava. Desapareceu em meio a floresta e gritos de uma mente confusa. Duvido que causará mal para qualquer ser vivo agora.

Outro arco de fumaça formou-se no cachimbo do velho.

— Acho que por ora é isso. Descanse, minha criança. Você fez muito por nós e seremos gratos por lutar por nossa aldeia e floresta. Sei que ainda tem muitas dúvidas e angústia quanto ao futuro, mas só podemos batalhar a luta do hoje. Tente dormir e recuperar suas forças e deixe o amanhã para o amanhã. — E depois dessas palavras, Kaio ficou sozinho com seus pensamentos.

Apesar de não encontrar respostas para todas as suas perguntas, sentiu-se em paz. Pela primeira vez, em muito tempo. O mal estava afastado de Alanoude. Os caiporas o tinham perdoado. Seus amigos estavam bem. Não poderia pedir mais do que isso, e embora ainda estivesse longe de sua família e quisesse correr até os braços de sua mãe, lembrava-se com carinho da visão que teve dela e Bob na cozinha. Agora sabia, com certeza, que eles estavam bem.

Nesse momento precisava descansar, conforme o conselho de Raoni. Ainda havia uma série de tarefas que precisaria realizar no futuro. Porém, independente do que acontecesse, poderia viver sabendo que havia feito a escolha certa.

CAPÍTULO 30

As três semanas seguintes em Alanoude voaram tão rápido quanto as férias de inverno. Durante esse tempo, Kaio ajudou Raoni e os caiporas na reconstrução da aldeia. Um trabalho árduo e com muita exigência física, mas suavizado pelas canções e alegria dos habitantes da floresta. Sem contar a ajuda inesperada de alguns cidadãos de Porto Esbravaldo, liderados por Pedro e muito envergonhados por toda maldade que tinham provido naquelas terras. Nunca imaginaram que o Burgomestre e a Feiticeira estivessem dispostos a planejar tamanha desolação.

Essa não foi a única surpresa que tiveram durante essas semanas. Nope Pole, o rei debaixo do chão, e uma trupe de gnomos surgiram em meio a uma noite estrelada. Os pequeninos ouviram os rumores da guerra na Floresta Sombria envolvendo três crianças e decidiram checar se seus amigos estavam bem. Além da boa companhia, para alegria de Kaio e seus companheiros, os gnomos eram famosos por sua criatividade e engenhocas, e ali tiveram a oportunidade de provar que tal fama era mais do que merecida. Em poucas horas implementaram um juncado de ideias envolvendo rodas, runas gnômicas e matemática física facilitando o trabalho de todos.

Para Kaio, foram dias de muita risada e aprendizado. É verdade que às vezes era afligido por uma dor no coração e chorava sozinho ao cogitar que talvez nunca mais veria sua família sem a gema. Contudo, na maior parte do tempo, evitava pensar sobre isso. Como Raoni tinha dito, precisava focar no agora, e o agora era cumprir sua responsabilidade de auxiliar na reestruturação da aldeia. Por isso, empenhava-se no trabalho que precisava realizar. Acabou desenvolvendo aptidão em algumas coisas que nunca havia imaginado, como marcenaria. Sem contar que nos momentos livres conseguiu tocar alguns acordes nos estranhos instrumentos musicais daquele povo. Embora não se considerasse lá muito bom, foi capaz de arrancar alguns elogios.

Ele não foi o único que aprendeu bastante durante aquela estadia. Yara finalmente pode receber seu pingente de magia. O próprio cacique, que como vieram a descobrir era um tipo de mago, "druida", como chamavam, se encarregou de ensinar e certificar o aprendizado básico sobre a magia no mundo para a menina amazona. Luca também recebeu certo reconhecimento, depois de se arriscar duas vezes por Yara, a garota em gratidão concedeu um beijo em sua bochecha, que deixou o menino mais rubro do que as árvores vermelhas e levou Kaio e os demais ali presentes a uma gostosa gargalhada entre amigos. Luca também aproveitou a oportunidade e se juntou a Yara nas classes ministradas por Raoni sobre magia. Este era um tema de seu especial interesse desde que tinha saído do Campanário Tostário e decidiu não deixar a oportunidade passar em branco. Kaio bem que quis participar também, especialmente depois da fala enigmática de Raoni: "Em suas veias, percorre mais magia do que imagina". Queria entender o que aquilo poderia significar, mas infelizmente estava sobrecarregado com o trabalho de auxiliar a comunidade e sabia muito bem tratar-se de um compromisso que não poderia faltar.

E assim, aos poucos os caiporas ergueram suas casas, e os cidadãos de Porto Esbravaldo conseguiram licença para cortar e exportar algumas árvores, sempre plantando novas no lugar, é claro, sem mencionar que debaixo de um rigoroso controle do cacique. Os gnomos se despediram. Yara conseguiu completar seus pingentes e poderia voltar para Nhamundá, para deixar de ser uma Aurimim e tornar-se de fato uma Guerreira Amazona. Dessa forma, Kaio começava a ficar preocupado pelo futuro, apesar de ter aprendido a gostar de Bravaterra. Aquele não era seu lugar.

— É aqui? — perguntou Luca, boquiaberto.

— Sim, ali está A Grande Árvore Vermelha! — apontou Kaio. — Dizem que é a árvore mais antiga da floresta.

— Exatamente. Mais velha do que eu — falou Raoni, dando uma gargalhada.

— É realmente muito bonita — elogiou Yara. — Vamos tirar uma foto!

— Uma foto? Como? — perguntou Kaio, confuso.

A menina amazona puxou o celular de Kaio do bolso e o ligou, passando o dedo na tela.

Kaio arregalou os olhos sem entender como ela fez isso.

— C-como??

— Se você tivesse participado das aulas de magia do Sr. Raoni, entenderia — respondeu Luca com um sorriso zombeteiro.

— Como eu disse, há muitos tipos de energia em Bravaterra — explicou Yara. — Agora venha, vamos tirar uma foto!

E assim ele fez. Se ajeitaram perto da majestosa árvore rubi e registraram aquele momento. Logo após o flash, Yara trocou um olhar com Luca e Kaio captou um ar de tristeza.

— O que foi? — perguntou curioso.

Examinou Luca e Yara em silêncio, e percebeu que até Raoni parecia compartilhar da mesma expressão que os dois.

— O que está acontecendo? — tentou novamente.

— É hora de nos despedirmos — falou Yara, melancólica.

— Como assim? Você já vai voltar para Nhamundá? — perguntou sentindo a voz falhar. — E você, Luca? Você vai partir também?

— Eu vou ficar aqui por um tempo. Acho que tenho muita coisa para aprender com Raoni e outros do povo da floresta — respondeu ele.

— E eu volto amanhã para casa — esclareceu Yara. — Mas não é de mim que vamos nos despedir.

— De quem, então? — indagou ainda mais confuso.

— De você, é claro — disse Raoni. — Está na hora de você voltar para casa.

Kaio olhou de um lado para o outro, sem entender se aquilo era uma brincadeira ou se estavam falando sério.

— Como? Eu destruí a gema!

— Os poderes da gema não surgiram do nada, não é mesmo? O Anhangá os concedeu. Todo poder que a gema tem, ele também o tem. E ontem tive o prazer de encontrá-lo caminhando pelo nosso bosque e apresentei todo seu caso e ele ficou feliz em ajudá-lo — explicou Raoni. — Ele já deve estar chegando e vai te levar para seu mundo.

— E-eu vou voltar para casa? — falou com uma lágrima escorrendo pelo rosto.

— Você vai! — disse Luca, compartilhando do sentimento e das lágrimas. — N-nós vamos sentir sua falta! — E abraçou o amigo. Um abraço forte e apertado como deveria ser, um abraço que amigos se dão quando palavras não podem expressar o que estão sentindo.

Yara se aproximou e Kaio percebeu brumas invadindo o lugar, e então o Veado Branco reluzente surgiu imponente ao lado da Grande Árvore Vermelha.

— Chegou a hora — falou Yara, fungando.

Kaio sorriu ao ver a amiga com dificuldades de esconder os sentimentos e a abraçou assim como fez com Luca.

Raoni estendeu a Nevasca para o menino. — Não vai esquecê-la. Um guerreiro precisa de sua espada.

— Obrigado — disse tomando a espada com um olhar de tristeza —, mas no meu mundo eu não vou precisar dela. Acho que ela será mais útil aqui — completou entregando a espada para Yara. — Você vai se tornar uma poderosa Guerreira Amazona, um dia — disse baixinho.

— E você, um grande cavaleiro paranaense — rebateu com a voz fanha.

— Obrigado a todos vocês por cuidarem, apoiarem e me ensinarem tanto — terminou limpando as lágrimas com o antebraço.

Apesar de tudo que enfrentou, as criaturas gigantes e as pequenas, os momentos de solidão, as noites mal dormidas, ou a fome e o cansaço constantes durante aquela longa jornada, Kaio, no fundo, sabia que aquele estava sendo o momento mais doloroso da viagem. Despedidas nunca são fáceis e aquela não era diferente. Se um dia pensou que nunca faria outros amigos além de Rafael, Carlinhos e os meninos do bairro, agora queria carregar cada um daqueles que fez em Bravaterra em um potinho para que eles sempre estivessem por perto. Mas sabia que não podia ficar mais ali. Aquele era o fim de sua jornada. O que lhe pareceu assustador e azedo no começo, se tornou divertido e doce no final.

Juntou a coragem que nem sequer sabia que tinha no começo daquela aventura e avançou. Aproximou-se do Anhangá e inclinou-se em agradecimento. A Grande Árvore Vermelha se contorceu abrindo um espaço no tronco grande o suficiente para ele passar.

Deu uma última olhadela para as pessoas que aprendeu a amar e uma palavra de gratidão; e finalmente, atravessou o coração da árvore.

CAPÍTULO 31

Kaio olhou ao redor e parecia que tudo estava exatamente como antes. As caixas de mudanças espalhadas pelo seu quarto, os dados rolados no chão, o livro verde aberto. Sua cama desarrumada, como de costume. Seu quarto parecia idêntico como o tinha deixado quando foi sugado para Bravaterra. Com uma única exceção: o quarto estava completamente seco. Não havia sinais da enchente que havia o inundado no começo dessa história. Se aproximou do copo de água sobre a escrivaria e notou que ele estava cheio, como se nenhuma gota tivesse sido derramada. Tudo que viveu em Bravaterra, agora parecia um sonho distante. E até poderia pensar que tudo não passava de um sonho, mas ao apalpar o bolso encontrou sua concha branca e vermelha da primeira vez que viu o mar próximo ao porto e seus olhos não o deixaram se enganar, tudo que vivenciou, tanto os perigos quanto as risadas, eram reais. Cada uma delas.

Essa não era a única diferença no ambiente, é claro. Havia uma ainda maior. O coração de Kaio. Ele não era mais o mesmo que partira para aquelas terras estranhas meses atrás. Não era mais um menino egoísta e que colocava suas vontades à frente dos outros ou um garoto com medo de mudanças. Ele havia amadurecido.

Trocou de vestes, por algumas menos suadas dos longos dias em Bravaterra e guardou a concha em lugar especial, para sempre lembrar das pessoas que conheceu. Decidiu também guardar os dados e os livros de Bravaterra em uma caixa debaixo da cama. Não conseguiu resistir a dar uma última examinada no livro vermelho com detalhes prateados, ainda trancado, escrito "Livro dos Monstros", e sentiu um friozinho na barriga ao imaginar que tipo de segredos ele poderia esconder. Mas como um sábio uma vez disse a ele, "nós só podemos batalhar a luta de hoje", e escondeu o livro misterioso junto com os outros pertences. Depois não perdeu mais tempo, embora estivesse em seu antigo quarto, ainda não estava em casa. Apenas estaria em casa quando estivesse com sua família. Ainda precisava resolver isto. Não sabia há quanto tempo estava desaparecido e como explicar para sua mãe onde se meteu. Sem seu celular, não sabia nem que horas era, muito menos o dia.

De mansinho, virou a maçaneta e se deparou com Bob, que dormia à beira da porta.

O cachorro olhou para o menino e pulou em seus braços, lambendo-o, enquanto balançava o rabo de um lado para o outro.

— Bob! Estava com saudades de você! — falou Kaio, agarrando-o com força e afastando seu rosto das lambidas incansáveis do animal. — Você sentiu minha falta? Acho que isso é um sim! Onde está a mamãe? — perguntou enquanto se levantava, contente de reencontrar o velho amigo.

Atravessou o curto corredor do apartamento acompanhado pelo seu fiel companheiro até enxergar a mãe que preparava algo na cozinha.

— Ah, aí está você! — falou dona Helena. — Eu já estava indo no seu quarto te acordar. O café da manhã está pronto.

Kaio, ao vê-la, disparou para um abraço apertado, segurando firme a cintura da mãe. Fazia meses que não a via, e simplesmente não conseguia conter mais sua emoção. Estava finalmente em casa.

— Ei, filho, tudo bem? — perguntou sua mãe, preocupada.

— Eu estava com saudades — falou ele.

Dona Helena se agachou para falar com o filho. — Saudades? Por quê? Eu estava aqui o tempo todo. Você só foi dormir mais cedo ontem.

— Ontem? — perguntou Kaio, confuso.

— Você não lembra? Nós tivemos aquela pequena discussão no carro e depois você foi dormir. Se trancou no seu quarto e não quis nem jantar — explicou Helena.

— Ah, sim, entendo... — sussurrou Kaio mais para si do que para a mãe. Não tentou procurar uma explicação, sabia que quando se tratava de Bravaterra e magia, as perguntas sempre seriam mais numerosas que as respostas e se limitou a pedir desculpas pelas palavras dita no carro.

— Tudo bem, filho. Às vezes, quando estamos bravos, falamos coisas que não queríamos. Eu sei que essa mudança não era o que você desejava, esse tipo de transição nunca é fácil, mas se você der uma chance, acho que pode se adaptar.

Era verdade, aquela não era a mudança que desejava, mas isso não importava mais, pois ele bem sabia não ser mais o mesmo menino também. Claro que ainda sentia falta da sua rua onde pintava campos de futebol e amarelinhas com um pouco de giz e chinelo, mas aquele momento foi um capítulo de sua aventura e agora deslumbrava excitado os próximos capítulos que viriam a acontecer em São Paulo ao lado da sua mãe. Se perguntava que tipo de pessoas conheceria e quais amizades faria, será que encontraria alguém engraçado como o Rei Debaixo do Chão ou corajosa como Yara? Não sabia dizer, mas tinha uma certeza, ele poderia ser parte da mudança que gostaria de ver, assim como sua mãe lhe tinha dito.

Kaio sorriu. E, dessa vez, falou de coração:

— Você tem razão, mãe. Estou pronto para a próxima aventura!

FIM

Aponte a câmera do celular para o QR Code abaixo
e conheça mais livros visitando o nosso site.